KB044069

죽음의
한가운데

IN THE MIDST OF DEATH
by Lawrence Block

Matthew Scudder
Series 2

죽음의
한가운데

로렌스 블록 | 박산호 옮김

RIDGE

TWO TROUSER SUITS

BOND

BO

ne Midst of Death

황금가지

여기 없는 친구를 위해

1장

도시의 10월은 1년 중 가장 쾌적한 때다. 늦여름의 열기는 사라졌지만 본격적인 추위는 아직 찾아오지 않았고. 9월엔 비가 꽤 내렸지만, 그것도 다 지나갔다. 대기 오염은 평소보다 덜했고, 온도가 내려가서 더 깨끗해진 느낌도 든다.

나는 50번가의 3번 애비뉴에 있는 공중전화박스에서 멈춰 섰다. 거리 모퉁이에서 한 노파가 구구구 소리를 내며 비둘기들에게 빵 부스러기를 던져 주고 있었다. 비둘기에게 먹이를 주지 말라는 시 조례가 있는 걸로 아는데. 예전에 경찰 신참들에게 반드시 집행해야 할 법규들과 대충 넘어가도 상관없는 것에 대해 설명할 때 이 조례를 들먹이곤 했다.

나는 전화박스로 들어갔다. 여길 공중화장실로 착각한 사람들이 있었는지 지린내가 났지만 흔한 일이었다. 어쨌든 전화기는 제대로 작동됐다. 요즘엔 대부분의 공중전화가 이상 없이 걸렸다. 5~6년 전만 해도 실외에 있는 공중전화들은 대부분 먹통이었다. 그러니까 세상만사 악화되기만 하는 건 아니다. 실제로 나아지는 것들도 있었다.

나는 포샤 카의 번호를 돌렸다. 그녀의 전화는 항상 벨이 두 번 울리고 나서 자동 응답기로 넘어가기 때문에, 벨이 세 번째 울렸을 때는 잘못 건 줄 알았다. 내가 전화를 할 때마다 그녀는 항상 부재중일 거라는 생각이 들기 시작하던 참인데.

그때 그녀가 전화를 받았다.

"여보세요?"

"카 양이신가요?"

"그런데요."

그녀의 목소리는 자동 응답기에서 나오는 목소리처럼 저음도 아니고 영국식 억양도 확연히 두드러지지 않았다.

"스커더라고 합니다. 아가씨를 만났으면 하는데요. 근처에 있습니다만."

"죄송하지만. 전 이제 사람들은 만나지 않아요. 그럼 이만."

그녀가 가차 없이 내 말을 자르고 끼어들었다.

"내가 드리고 싶은……."

"다른 사람을 찾아보시죠."

그녀는 전화를 끊었다.

나는 동전을 하나 더 찾아서 넣고 다시 전화를 하려다 마음을 고쳐먹고 동전을 주머니에 넣었다. 그리고 시내 쪽으로 두 블록을 간 뒤 2번 애비뉴와 54번가 동쪽으로 한 블록을 걸어가서, 그녀의 아파트 출구가 시야에 들어오는 공중전화가 있는 커피숍을 찾아냈다. 나는 그 전화기에 동전을 넣고 다시 그녀에게 전화를 걸었다.

그녀가 전화를 받자마자 나는 선수를 쳤다.

"내 이름은 스커더라고 합니다. 제리 브로드필드에 대해 이야기를 좀 하고 싶은데요."

잠시 침묵이 흐르다 그녀가 입을 열었다.

"누구시죠?"

"말했잖아요. 매튜 스커더라고 합니다."

"좀 전에 전화하신 분이죠?"

"맞습니다. 아가씨가 전화를 끊었죠."

"제 생각에……."

"아가씨가 무슨 생각 하는지 압니다. 이야기를 하고 싶습니다."

"정말 죄송하지만, 제가 인터뷰 같은 건 안 한다는 거 모르시겠어요?"

"난 기자가 아닙니다."

"그럼 무슨 용건이시죠, 스커더 씨?"

"만나 보시면 알게 될 겁니다. 일단 만나시는 게 좋을 겁니다, 카 양."

"전 그렇게 생각하지 않는데요."

"아가씨가 좋고 싫고 할 문제가 아닌 것 같은데요. 지금 근처에 와 있습니다. 5분이면 도착할 겁니다."

"정말 안 돼요."

잠시 그녀는 아무 말도 하지 않았다.

"전 방금 일어났어요. 한 시간 정도 여유를 주세요. 그 정도는 기다려 줄 수 있죠?"

"꼭 그래야 한다면요."

"그럼 한 시간 뒤에 오세요. 주소는 알고 있겠죠?"

나는 그렇다고 대답했다. 그리고 전화를 끊고 커피와 롤빵 하나를 가지고 카운터에 앉아 커피숍 유리창으로 그녀의 아파트를 보았다. 커피가 마실 수 있을 정도로 식었을 때 그녀가 눈에 들어왔다. 나랑 통화하고 있을 때 이미 옷을 갈아입고 있었는지 거리로 나오는 데 7분밖에 걸리지 않았다.

그녀는 금방 알아볼 수 있었다. 신문에 나온 그대로 불타는 것 같은 짙고 긴 빨강 머리에 키가 늘씬했다. 암사자처럼 위풍당당하면서 카리스마가 넘쳤다.

그녀가 어디로 갈지 이미 알고 있었기 때문에 미행하려고 일어서서 문으로 갔다. 하지만 그녀는 곧바로 내가 있는 커피숍으로 와서 문을 열고 들어왔다. 나는 재빨리 등을 돌리고 커피 잔을 입에 갖다 댔다.

그녀는 곧장 공중전화로 갔다.

생각해 보면 놀랄 일도 아니었다. 요즘엔 전화가 도청되는 일이 많기 때문에 암흑가나 정치계에서 활동하는 사람들은 자신의 전화가 도청된 걸로 간주하고 신중하게 처신해야 한다는 걸 알고 있었다. 중요하거나 민감한 사안이 걸린 통화는 집 전화로 하면 안 되는 것이다. 그리고 여기가 그녀의 집에서 가장 가까운 곳에 있는 공중전화였다. 그래서 내가 이곳을 고른 것이고, 마찬가지로 그래서 그녀가 지금 이 전화기를 쓰고 있는 것이다.

나는 그래 봤자 아무 소용도 없을 거라는 걸 알면서도 한번 확인해 보기 위해 공중전화가 있는 쪽으로 살짝 더 가까이 자리를 옮겨 봤다. 하지만 그녀가 걸고 있는 전화번호도 볼 수 없었고, 그녀가 하는 말 역시 한 마디도 들을 수 없었다. 일단 그 점을 확인하자, 커피와 빵 값을 내고 커피숍을 나왔다.

그리고 길을 건너 그녀가 사는 아파트로 갔다.

나는 도박을 하고 있었다. 만약 그녀가 통화를 끝내고 택시에 탄다면 그녀를 놓치게 되는데 지금으로선 그러고 싶지 않았다. 그녀를 찾기까지 들인 시간을 생각하면. 그녀가 지금 누구에게 전화하는지, 그리고 다른 곳에 간다면 어디로 그리고 왜 가는지 알고 싶었다.

하지만 그녀가 택시를 잡을 것 같지 않았다. 지갑도 안 들고 나간 데다, 다른 곳으로 가려 했다면 핸드백도 챙기고 여행 가방에 옷도 몇 가지 넣어 가려고 먼저 집으로 돌아가려 할 터였다. 더군다나 내게 한 시간 여유를 달라고 말하지 않았나.

그래서 그녀가 사는 아파트로 갔다가 현관에서 백발이 성성하고 체구가 작은 경비원과 마주쳤다. 그 경비원은 정직해 보이는 파란 눈에 뺨은 실핏줄이 터져 불그스레했다. 그리고 입고 있는 제복을 무척 자랑스러워하는 분위기가 풍겼다.

내가 말했다.

"카 양을 만나러 왔는데요."

"방금 나가셨는데요. 채 1분도 안 됐는데 손님과 길이 엇갈렸나 보네요."

"나도 압니다."

11

나는 지갑을 꺼내서 휙 열었다 닫았다. 지갑에는 아무것도 없었다. 심지어 장난감 배지 하나 없었지만 중요한 건 그게 아니었다. 그것보다는 지갑을 열어 보이는 요령과 먼저 경찰 같아 보여야 한다는 점이 관건이었다. 경비원은 내 가죽 지갑만 힐끗 보고도 예상했던 반응을 보였다. 배지를 더 자세히 보여 달라고 하는 건 경비원으로서도 무례하게 느껴졌을 것이다.

"어느 아파트죠?"

"괜히 나까지 귀찮은 일에 말려드는 건 아니겠죠?"

"정석대로 해 주시면 그럴 일은 없겠죠. 카 양은 어디 삽니까?"

"4층 G호요."

"마스터키를 주시죠."

"그건 안 되는데요."

"안 됩니까? 그렇다면 나랑 같이 서로 가서 다시 이야길 해 보는 건 어떻겠습니까?"

경비원이야 당연히 그러고 싶은 마음은 없을 테지. 그보단 내가 다른 데로 꺼져서 뒈지길 바라겠지만 차마 그런 말은 할 수 없을 테고. 경비원은 마스터키를 내놨다.

"카 양이 금방 올 겁니다. 제가 아파트에 먼저 와 있다는 말은 하지 않는 게 좋을 겁니다."

"정말 이러면 안 되는데."

"심각하게 생각할 필요 없어요."

"카 양은 착한 아가씨예요. 내게 항상 잘해 주었는걸요."

"크리스마스 선물도 잘 챙겨 주나 보죠?"

"아주 상냥한 아가씨예요."

"두 사람이 끝내주는 관계라는 건 알겠어요. 하지만 그 여자에게 이 일에 대해 입을 놀렸다가 내가 알게 되는 날엔 재미없을 겁니다. 무슨 말인지 알죠?"

"난 입 닫고 있으리다."

"열쇠는 돌려 드리죠. 그건 걱정하지 말아요."

"그건 상관없지만."

나는 엘리베이터를 타고 4층으로 올라갔다. G호는 거리 쪽을 향해 있었고, 나는 아파트 창가에 앉아 커피숍 출구를 지켜봤다. 여기서는 공중전화박스에 누가 있는지 없는지 분간할 수 없었다. 그녀가 이미 전화박스를 나와서 커피숍을 나와 택시를 탔을 수도 있겠지만, 그럴 것 같진 않았다. 나는 의자에 앉아서 기다렸다. 10분 정도 지나자 그녀가 커피숍에서 나와 모퉁이에 서 있었는데 키가 크고 날씬한 모습이 굉장히 매력적이었다.

그리고 확실히 불안해 보였다. 그녀는 거기서 오랫동안 서 있었는데, 결정을 내리지 못하고 고민하는 걸 알 수 있었다. 거기서 어디고 갈 수 있었다. 하지만 시간이 조금 흐른 후에 결연히 몸을 돌려서 아파트 쪽으로 걸어오기 시작했다. 나는 무의식중에 참고 있던 숨을 내쉬면서 편안한 자세로 그녀를 기다렸다.

열쇠 돌아가는 소리가 들렸을 때 나는 창가에서 일어나 벽에 바짝 붙어 섰다. 그녀는 문을 열고 들어와서 닫은 뒤 빗장을 걸었다. 그래서 아무도 들어올 수 없게 문을 꽁꽁 걸어 잠가 버렸다. 내가 이미 안에 들어와 버렸지만.

그리고 그녀는 엷은 파란색 트렌치코트를 벗어서 앞에 있는 벽장에 걸었다. 코트 안에 무릎까지 내려오는 격자무늬 스커트와 단추로 채우는 칼라가 달린 노란색 맞춤 블라우스를 받쳐 입고 있었다. 다리가 아주 길었고, 운동선수처럼 탄탄한 몸매였다.

이윽고 그녀가 돌아섰다. 그러나 내가 서 있는 곳까지 눈길이 미치지 못했다. 나는 "안녕하세요, 포샤." 하고 말을 걸었다.

비명 소리는 새어 나오지 않았다. 포샤는 입에 손을 대서 소리가 들리지 않게 했다. 그러고는 잠시 꼼짝 않고 발끝으로 균형을 잡은 채 서 있다가, 힘겹게 입에서 손을 떼고 서서히 똑바로 섰다. 그리고 심호흡을 하면서 마음을 가다듬었다. 원래 피부도 흰 편이었지만 지금은 백지장처럼 핏기가 하나도 없었다. 그녀는 가슴에 손을 댔는데 마치 연기하는 것처럼 부자연스러워 보였다. 포샤 자신도 그걸 알아차린 것처럼 다시 손을 내리더니 몇 번 숨을 깊게 들이쉬었다 내쉬었다.

"당신 이름이……?"

"스커더입니다."

"아까 전화했죠?"

"그래요."

"한 시간 뒤에 오기로 했잖아요."

"내 시계가 요즘 좀 빨리 가서."

"정말 그렇군요."

그녀는 또 다시 숨을 깊게 들이쉬었다가 천천히 내쉬었다. 그리고 눈을 감았다. 나는 벽에서 몸을 떼서 방 한가운데로 걸어와 그녀에게서 몇 발짝 떨어진 곳에서 멈췄다. 그녀는 쉽게 기절할 사람처럼 보이지 않았다. 그랬다면 벌써 쓰러졌으리라. 그러나 아직 안색이 몹시 창백했다. 그래서 그녀가 쓰러진다면 얼른 안을 수 있는 곳에 서고 싶었다. 하지만 다시 얼굴에 혈색이 돌아오기 시작하자 포샤가 눈을 뜨고 말했다.

"난 한잔 마셔야겠어요. 같이 드시겠어요?"

"아뇨. 괜찮습니다."

"그럼 혼자 마시죠."

포샤는 부엌으로 갔다. 그녀가 내 시야에서 벗어나지 않도록 따라갔다. 포샤는 냉장고에서 5분의 1쯤 남아 있는 스카치와 소다수를 꺼내서 각각 100밀리리터 정도씩 잔에 따랐다.

"얼음은 안 넣어요. 치아에 얼음이 스치는 느낌이 안 좋아서. 하지만 술은 차게 마시는 습관이 생겼어요. 아파트는 실내 온도가 높아서 술을 냉장고에 넣어 두지 않으면 맛이 안 나죠. 정말 안 마실래요?"

그녀가 물었다.

"지금은 생각 없어요."

"그럼 나 혼자 건배하죠."

포샤는 오랜 시간에 걸쳐 한 번에 그 잔을 비웠다. 나는 그녀의 목 근육이 움직이는 걸 지켜봤다. 길고 아름다운 목이었다. 영국인 특유의 완벽한 피부에 키가 무척 큰 여자였다. 내 키가 183센티미터 정도 되는데 그녀는 적어도 나 정도, 아니, 어쩌면 조금 더 큰 것 같았다. 그녀와 제리 브로드필드가 같이 있는 모습을 머릿속에 그려 봤다. 제리는 포샤보다 10센티미터 더 크고 그녀만큼이나 존재감이 강한 사내다. 둘은 남들의 시선을 끄는 잘생긴 한 쌍이었을 것이다.

그녀는 숨을 한 번 더 들이쉬고 몸서리를 치더니, 빈 잔을 싱크대에 내려놨다. 내가 괜찮으냐고 물었다.

"아, 아주 좋아요."

그녀가 대답했다.

그녀의 눈은 회색에 가까운 옅은 푸른색이었고, 입술은 도톰했지만 창백했다. 옆으로 비켜선 날 지나쳐서 그녀는 거실로 들어갔다. 지나가면서 그녀의 엉덩이가 살짝 내 몸을 스쳐 갔다. 그걸로 충분했다. 더 이상의 접촉은 위험했다.

포샤는 짙은 회색이 도는 청색 소파에 앉아서 투명한 플렉시글라스 테이블에 놓인 티크 상자에서 작은 시가를 한 대 꺼냈다. 그리고 성냥으로 불을 붙이더니 내게도 한 대 피우라고 상자를 가리켰다. 나는 담배를 피우지 않는다고 말했다.

"시가는 속 담배를 안 피워도 된다고 해서 바꿨는데. 시가도 여전히 속 담배를 피우게 되네요. 물론 시가가 담배보다 더 독하지만. 여긴 어떻게 들어왔죠?"

그녀가 묻자 나는 열쇠를 들어 보였다.

"티미가 줬나요?"

"그 사람도 좋아서 준 건 아니에요. 내가 달리 선택의 여지를 안 줬으니까. 당신이 자기에게 항상 잘해 줬다고 합디다."

"팁을 항상 넉넉하게 주거든요. 바보 같은 양반, 당신 때문에 깜짝 놀랐어요. 당신이 뭘 원하는지, 왜 여기 왔는지 모르겠군요. 사실 누군지도 모르겠고, 벌써 당신 이름을 잊어버린 것 같아요."

내가 다시 가르쳐 줬다.

포샤가 말했다.

"매튜. 당신이 왜 여기 왔는지 모르겠어요."

"커피숍에서 누구에게 전화한 겁니까?"

"거기 있었어요? 당신이 있는 줄 몰랐는데."

"누구에게 전화했죠?"

그녀는 시가를 뻑뻑 피우면서 시간을 벌었다. 그러면서 생각에 잠겨 눈빛이 깊어졌다.

"말하지 않을래요."

그녀가 마침내 입을 열었다.

"왜 제리 브로드필드를 고소한 겁니까?"

"돈을 달라고 협박했으니까."

"왜죠, 카 양?"

"아까는 포샤라고 불렀잖아요. 그건 충격 요법이었나 봐요? 경찰은 항상 사람을 부를 때 성이 아닌 이름으로 부르죠. 그런 식으로 모멸감을 주고, 자신이 심리적으로 한 수 위라는 걸 보여 주기 위해서 그런 건가요?"

그녀는 시가로 날 가리켰다.

"당신. 당신은 경찰이 아니죠?"

"맞습니다."

"하지만 그런 분위기가 풍기는군요."

"한때 경찰이었으니까요."

"아하."

그녀는 흡족해하면서 고개를 끄덕였다.

"경찰이었을 때 제리와 아는 사이였나요?"

"그때는 몰랐죠."

"하지만 지금은 안단 말인가요?"

"그래요."

"제리 친구인가요? 아니, 그럴 수 없어. 제리는 친구가 없는데. 안 그런가요?"

"제리에게 친구가 없습니까?"

"거의 없어요. 제리를 잘 안다면 그걸 모를 리 없는데."

"난 제리를 잘 모릅니다."

"제리를 잘 아는 사람이 있을지 궁금하군요."

그녀는 또 다시 시가를 피우고, 섬세하게 조각된 유리 재떨이에 조심스럽게 재를 떨었다.

"제리 브로드필드는 아는 사람은 많죠. 하지만 친구라고 할 만한 사람이 있을지 모르겠네요."

"당신은 분명 제리 친구가 아니고."

"친구라고 한 적 없는데요."

"왜 고소했죠?"

"그게 사실이니까요."

포샤는 희미하게 미소를 지어 보였다.

"제리가 돈을 달라고 강요했죠. 1주일에 100달러씩 주지 않으면 날 가만히 두지 않을 거라고 했어요. 당신도 알다시피 창녀에게 무슨 힘이 있겠어요? 그리고 남자들이 나 같은 여자에게 화대로 지불하는 어마어마한 돈을 생각해 보면 1주일에 100달러라는 게 그렇게 큰돈도 아니고."

그녀는 자신의 몸을 손으로 가리켜 보이며 말했다.

"그래서 달라는 대로 줬죠. 몸도 주고."

"얼마 동안이나?"

"대개 한 번에 한 시간 정도. 왜요?"

"얼마나 오랫동안 돈을 줬냐고요?"

"아, 그건 잘 모르겠어요. 한 1년 정도 되려나."

"당신은 이 나라에 얼마나 있었죠?"

"3년 조금 넘었어요."

"돌아가긴 싫을 거고, 그렇죠?"

나는 일어서서 소파로 걸어갔다.

"그런 식으로 덫을 놓겠죠. 자기가 시키는 대로 하지 않으면, 바람직하지 않은 외국인 체류자로 당신을 추방하겠다고. 그런 식으로 당신을 협박하던가요?"

"정말 끝내주는 용어 선택이네요. 바람직하지 않은 외국인 체류자라."

"경찰이 그런 식으로……."

"대부분의 남자들은 날 무지하게 바람직한 외국인 체류자로 생각하던데요."

그녀는 차갑고 도전적인 눈빛으로 날 쏘아봤다.

"내 말에 이의 있나요?"

그녀가 내 마음을 건드리기 시작했는데, 그게 신경에 거슬렸다. 난 그녀를 좋아하지도 않는데 왜 그런 그녀에게 마음이 쓰이는 걸까? 일레인 마델이 포샤 카의 고객은 대부분 마조히스트라는 말을 해 줬다. 나는 마조히스트가 무엇 때문에 성적 쾌감을 느끼는지 결코 이해할 수 없었지만, 포샤와 몇 분 같이 있어 보자 이 여자라면 마조히스트의 판타지를 충분히 충족시켜 줄 수 있으리란 걸 깨달을 수 있었다. 그리고 그와는 다른 면에서 이 여자는 내 판타지에도 잘 맞았다.

우리는 한동안 그런 식으로 별 소득도 없는 대화를 계속했다. 그녀는 계속 브로드필드가 정말로 돈을 뺏어 갔다고 주장했고, 난 브로드필드를 고소하라고 시킨 사람을 알아내기 위해 애를 썼다. 하지만 소용이 없었다. 나는 아무 단서도 얻어 내지 못했고, 그녀 역시 달리 할 말이 없었다.

그래서 내가 말했다.

"이봐요. 까놓고 말하면 그건 중요하지 않아요. 브로드필드가 당신에게서 돈을 뺏어 갔는지, 그리고 브로드필드를 고소하라고 누가 당신에게 시켰는지 그건 중요하지 않다고요."

"그럼 당신은 여기 왜 있는 거죠? 날 사랑해서?"

"정말 중요한 건 뭘 어떻게 해야 당신이 그 고소를 취하하겠냐는 겁니다."

"뭐가 그렇게 급해요? 제리는 아직 체포되지도 않았는데. 안 그래요?"

포샤가 생긋 웃었다.

"이걸 법정까지 끌고 갈 생각은 아니잖습니까. 기소를 하려면 증거가 있어야 하는데, 그런 증거가 있다면 지금쯤 나왔을 거고. 그러니까 이건 그냥 중상에 지나지 않지만 제리로선 대처하기 곤란하니까 이걸 처리하고 싶은 거다 이 말입니다. 대체 제리가 어떻게 해야 고소를 취하할 겁니까?"

"제리는 분명 그 답을 알고 있을걸요."

"그래요?"

"그냥 지금 하는 걸 그만두면 돼요."

"프레자니언 건 말입니까?"

"글쎄요?"

그녀는 시가를 한 대 다 피우고, 이제 티크 상자에서 새 시가를 꺼냈다. 하지만 불은 붙이지 않고 그냥 가지고 놀고 있었다.

"어쩌면 내 말은 아무 의미 없는 말일지도 모르죠. 하지만 그의 전적을 한번 보자고요. 이건 내가 꽤 좋아하는 미국식 영어인데. 전적을 한번 보자는 말. 그동안 제리는 경찰로 아주 잘 살아왔어요. 포레스트힐스에 있는 근사한 집에 예쁜 부인과 토끼 같은 자식들을 두고 있죠. 그 사람 가족을 본 적이 있나요?"

"아뇨."

"나도 없어요. 하지만 사진은 본 적이 있죠. 미국 남자들은 참 놀라워요. 먼저 자기 부인과 아이들 사진을 보여 준 다음에, 나랑 자고 싶어 한다니까. 당신은 유부남인가요?"

"지금은 아닙니다."

"유부남이었을 때 바람은 피웠나요?"

"가끔."

"그럼 바람피우는 상대에게 가족사진을 보여 준 적은요?"

난 고개를 흔들었다.

"왠지 당신은 그러지 않았을 것 같네요."

그녀는 쥐고 있던 시가를 상자에 다시 넣고 허리를 쭉 편 뒤, 하품을 했다.

"제리는 어쨌든 그런 더러운 짓은 다 해 놓고, 경찰 부패에 대한 정보를 가지고 특별 검사라는 양반을 찾아갔어요. 그리고 신문에 인터뷰를 하기 시작하더니, 경찰서에 휴가를 냈어요. 그러더니 갑자기 불쌍한 창녀에게 1주일에 100달러를 갈취한 혐의로 고소를 당하는 위기를 맞았죠. 그렇다면 여기서 뭔가 냄새가 나지 않나요?"

"제리가 뭘 해야 하는 겁니까? 프레자니언과 결별하면 당신도 고소를 취하하는 겁니까?"

"내가 그렇게 꼭 집어서 말한 건 아니잖아요, 안 그래요? 어쨌든 당신이 이렇게 파고 다니지 않아도 제리는 이미 그 답을 알고 있을 텐데요. 이건 그렇게 머리 쓰지 않아도 되는 일이잖아요."

우리는 이런 식으로 좀 더 입씨름을 벌였지만 여전히 아무것도 건지지 못했다. 내가 이 만남에서 뭘 얻고자 했는지 그리고 애초에 브로드필드에게서 왜 500달러를 받았는지 도통 모르겠다. 영악하게 그녀의 아파트에 숨어들긴 했지만, 나보다 더 센 누군가가 포샤 카를 심각하게 협박했다. 한편 우리는 아무 의미도 없는 이야기를 주거니 받거니 하고 있었고, 우리 둘 다 그 점을 분명히 의식하고 있었다.

"이건 정말 바보 같아. 난 한 잔 더 할 건데, 마실래요?"

그녀가 어느 시점에선가 이렇게 말했다.

나도 술 생각이 간절한 참이었다.

"난 됐습니다."

내가 말했다.

그녀는 부엌으로 가는 길에 날 가볍게 스쳐 지나갔다. 그때 언뜻 기억이 잘 나지 않는 향수 냄새가 강하게 풍겼다. 다음번에 그 향수 냄새를 맡으면 무엇인지 알 수 있을 것 같았다. 포샤는 한 손에 술을 한 잔 들고 다시 소파에 앉았다.

그녀가 다시 말했다.

"이봐요, 어리석은 양반. 내 옆에 앉아서 다른 이야기를 하는 게 어때요? 아니면 그냥 입 다물고 있거나."

"당신, 이러다 큰일을 당할 수도 있어요, 포샤."

그녀의 얼굴에 두려운 기색이 떠올랐다.

"그런 말 하지 말아요."

"고래 싸움에 새우등 터진단 말이 있죠. 당신은 강한 여자지만, 막상 일이 닥치면 생각처럼 자신이 강하지 않다는 걸 깨닫게 될 겁니다."

"지금 날 협박하는 건가요? 아니, 이건 협박이 아니죠?"

난 고개를 끄덕였다.

"내 걱정은 할 필요 없습니다. 하지만 당신은 나 말고도 걱정해야 할 게 차고 넘치는 상태잖습니까."

그녀는 눈을 내리깔았다.

"난 강한 여자로 살아가는 데 지쳤어요. 당신도 알겠지만 내가 그런 건 잘해요."

"그렇겠죠."

"하지만 이것도 지치네요."

"내가 당신을 도울 수 있을지도 몰라요."

"누구도 날 도울 수 없을걸요."

"그런가요?"

그녀는 날 잠시 뜯어보다가 다시 고개를 숙였다. 그리고 일어서서 방을 가로질러 창가로 걸어갔다. 그녀를 따라갈 수도 있었다. 그녀의 태도에서 내가 그래 주길 바라는 것 같은 분위기가 풍겼다. 하지만 난 움직이지 않았다.

포샤가 말했다.

"뭔가 있죠, 그렇죠?"

"그래요."

"하지만 지금으로선 내게 좋을 게 하나도 없어요. 타이밍이 다 어긋나 버렸으니까."

그녀는 창밖을 내다봤다.

"지금은 우리 둘 다 서로에게 아무것도 해 줄 수 없어요."

난 아무 말도 하지 않았다.

"당신은 이제 가는 게 좋겠어요."

"알았어요."

"밖은 참 아름다워요. 햇살. 신선한 공기."

그녀는 돌아서서 날 바라봤다.

"1년 중 이맘때를 좋아하시나요?"

"그래요. 아주 많이."

"나도 좋아해요. 10월, 11월. 최고죠. 하지만 가장 슬픈 때이기도 해요. 안 그래요?"

"슬퍼요? 왜죠?"

"왜냐면 겨울이 오고 있으니까."

그녀가 말했다.

2장

나가는 길에 경비원에게 열쇠를 돌려줬다. 내가 간다는데도 경비원의 표정은 별로 나아지지 않았다. 나는 2번가에 있는 조니 조이스에 들러 칸막이 좌석에 앉았다. 점심 장사는 거의 끝물이었다. 남아 있는 손님들은 마티니를 한두 잔 더 걸치고 있는 폼이 사무실로 돌아가지 않을 모양이었다. 나는 햄버거를 먹으면서 맥주 한 병을 마시고 커피에 버번 샷을 두 개 넣어서 마셨다.

그리고 브로드필드에게 전화를 걸어 봤다. 한동안 신호가 갔지만 아무도 받지 않았다. 나는 다시 내 자리로 돌아와 버번을 또 한 잔 마시면서 몇 가지 일에 대해 생각했다. 풀 수 없는 의문들이 떠올랐다. 술 생각이 그렇게 간절했는데 왜 포샤가 술 한잔하라고 했을 때 사양했을까? 그리고 왜(이게 첫 번째 의문과 동어 반복이 아니라면) 포샤가 유혹했을 때 응하지 않았을까?

나는 서쪽 49번가의 성 말라카이 성당에서 좀 더 생각해 봤다. 그 성당은 지하에 있는 크고 소박한 공간으로 혼잡한 브로드웨이 극장가 한복판에서는 좀처럼 맛보기 힘든 고요와 정적을 맛볼 수 있는 곳이다. 나는 통로 쪽 자리에 앉아 생각에 잠겼다.

오래전 알고 지냈던 여배우 하나가 일이 없을 때는 이 성당에 매일 왔다는 말을 한 적이 있다. "내가 천주교 신자가 아니란 게 문제가 되는지 궁금해, 매튜. 그렇진 않겠지? 난 거기서 기도도 하고 촛불을 켜. 일을 좀 달라고 기도하지. 그렇다고 일이 들어올지는 모르지만. 하느님에게 괜찮은 배역을 달라고 기도해도 괜찮겠지?"

이런저런 상념에 빠져 한 시간 정도 앉아 있었던 것 같다. 나가는 길에 헌금함에 2달러를 넣고 초를 몇 개 켰다. 기도는 하지 않았다.

저녁에는 내 호텔에서 길 건너편에 있는 '폴리의 우리'라는 가게에서 시간을 보냈다. 오늘 바에는 척이 나와 있었는데 오늘따라 인심을 많이 써서 한 번 걸러 한 잔은 공짜로 마셨다. 오후 늦게 의뢰인과 통화가 돼서 포샤와 만났던 이야기를 간단하게 보고했다. 의뢰인은 이제 어떻게 할 건지 물었다. 그 말에 고민을 좀 하다가 중요한 일이 있으면 연락하겠다고 대답했다. 그날 밤에는 그런 중요한 일은 생기지 않았기 때문에 그에게 전화할 필요가 없었다. 사실 다른 누구에게도 전화할 일은 생기지 않았다. 호텔에 갔을 때 전화 메시지가 몇 개 있었다. 애니타가 전화를 달라고 했지만 오늘 밤은 전처와 통화할 기분이 아니었다. 나는 폴리의 우리에 계속 앉아서 척이 채워 줄 때마다 열심히 술잔을 비웠다.

11시 30분쯤 젊은 애 두 명이 와서 주크박스로 컨트리와 웨스턴 음악만 주구장창 틀어 댔다. 평소 같으면 그 정도는 그냥 참아 넘길 텐데, 왠지 그날만큼은 그런 음악을 듣고 싶지 않았다. 그래서 계산을 하고 길모퉁이에 있는 암스트롱에 갔더니 돈이 WNCN에 라디오 채널을 맞춰 놨다. 모차르트가 흘러나오고 있었는데, 가게가 한산해서 음악 소리가 잘 들렸다.

돈이 말했다.

"이 방송국이 팔렸대. 새 경영진이 팝송과 록 포맷으로 바꾼다지 뭐야. 그렇지 않아도 록 틀어 주는 데는 쌔고 쌨는데."

"세상일이라는 게 항상 좋은 쪽보다는 나쁜 쪽으로 흘러가기 마련이지."

"그건 그렇지. 계속 클래식으로 가자고 사람들이 항의하고 있다던데. 그래 봤자 소용없겠지?"

나는 고개를 흔들었다.

"아무짝에도 소용없지."

"자네 오늘 밤 기분이 끝내주는 것 같은데. 호텔에 틀어박히지 않고 여기까지 납셔서 밝고 긍정적인 기운을 마구 퍼뜨려 주니 무지하게 고맙네."

나는 커피에 버번을 따라서 저었다. 정말 기분이 더러웠는데 왜 그런지 모르겠다. 뭔가 신경에 거슬리는 게 있다는 것만 알아도 불쾌한데, 그게 대체 뭔지 모르겠으니 더더욱 어떻게 해 볼 도리가 없었다.

기이한 꿈을 꿨다.

난 별로 꿈을 꾸지 않는 편인데, 술을 마시면 평소보다 더 깊게 잠이 들면서 꿈을 꾸게 된다. 알코올진전섬망(장기간 음주하던 사람이 갑자기 음주를 중단하거나 양을 줄였을 때 나타나는 섬망증─옮긴이)은 의식에 드러나지 않으면 꿈에서라도 그 존재를 드러내려는 증상이라고 들었다. 즉 잘 때 꿈을 꾸지 못하면 깨어 있는 동안에라도 꿈을 꾸는 것이 바로 이 증상이라는 것이다. 하지만 난 아직 그런 단계는 아니고, 평소에는 꿈도 꾸지 않고 자는 것을 고맙게 생각하고 있다. 이것 때문에 술을 끊어야 하나 고민하던 때도 있었다.

하지만 그날 밤 꿈을 꿨는데 아주 기이한 꿈으로 뇌리에서 사라지지 않았다. 꿈에 그녀가 나왔다. 늘씬하고 근사한 몸매에 남들의 시선을 사로잡는 뛰어난 미모와 깊은 목소리와 근사한 영국식 억양이 매력적인 그녀. 우리는 앉아서 이야기를 하고 있었는데 그녀의 아파트는 아니었다. 거기는 경찰서였다. 어느 관할 경찰서인지는 모르겠지만 편안했던 기억이 나는 걸 보면 내가 한때 근무했던 곳인 것 같았다. 주위에는 제복을 입은 경찰들이 돌아다니고 있었고, 시민들이 고소장을 내고 있었고, 경찰과 강도가 나오는 영화에서 엑스트라들이 하는 연기를 내 꿈에서도 똑같이 하고 있었다.

우리는 그 복잡한 경찰서 한복판에서 벌거벗고 있었다. 사랑을 나누려고 했지만, 그 전에 먼저 대화로 뭔가를 결정해야 했다. 그게 뭔지는 기억이 안 나지만 대화가 계속되면서 분위기는 점점 더 추상적으로 흘러가고 있었다. 그래서 잠자리를 할 기미는 전혀 보이지 않았다. 그러다 전화벨이 울려서 포샤가 전화를 받아 자동응답기에 나오는 그녀의 녹음된 목소리로 대답했다.

다만 전화벨은 꿈이 아니라 현실에서 울리고 있었다.

물론 내 전화기. 현실에서 울리는 벨소리가 꿈에 나온 것이다. 전화벨 소리 때문에 꿈에서 깨지 않았다면 그 꿈을 꾼 것도 잊어버렸을 것이다. 나는 몸을 흔들어 일어나면서 꿈의 흔적도 떨쳐 버렸다. 그리고 주섬주섬 손을 뻗어 수화기를 귀에 댔다.

"여보세요?"

"매튜, 깨웠다면 정말 미안한데 내가……."

"누구세요?"

"제리. 제리 브로드필드입니다."

나는 잘 때 대개 침대 옆 테이블에 손목시계를 둔다. 그래서 시계를 찾아 더듬거렸지만 잡히지 않았다. 내가 물었다.

"브로드필드?"

"자고 있었군요. 저기요, 매튜."

"지금 몇 시죠?"

"6시 몇 분 지났어요. 난 그저……."

"빌어먹을!"

"매튜, 깼어요?"

"그래요, 젠장, 깼다고요. 맙소사. 내가 전화하라곤 했지만 꼭두새벽부터 하란 말은 아니었잖습니까."

"이봐요, 비상사태예요. 그냥 내 말을 좀 들어 주면 안 됩니까?"

통화하고 나서 처음으로 그 목소리에 긴장이 스며 있는 걸 의식하게 됐다. 처음부터 그런 목소리였겠지만 내가 미처 눈치 채지 못한 것이다.

"자는 걸 깨워서 미안해요. 하지만 간신히 전화할 기회를 잡았
는데 통화를 얼마나 할 수 있을지 모르겠어요. 1분만 내 이야길
들어 줘요."

브로드필드가 말했다.

"도대체 지금 어디 있는 겁니까?"

"유치장이에요."

"툼스(무덤이란 뜻 ― 옮긴이)?"

"맞아요. 툼스."

브로드필드는 내가 다시 끼어들기 전에 다 말해 버리려는 것처
럼 서둘러 말하고 있었다.

"그들이 날 기다리고 있었어요. 내 아파트에서. 배로 가에서 날
기다리고 있었단 말이에요. 새벽 2시 30분에 거기에 돌아왔는데
날 기다리고 있었다고요. 그랬다가 이제야 전화를 쓸 수 있게 됐
어요. 당신이랑 통화가 끝나는 대로 변호사에게 전화를 할 거예
요. 하지만 지금은 변호사보다 더 확실한 게 필요해요, 매튜. 놈들
이 법정에 나가도 변호사가 손을 쓸 수 없을 정도로 탄탄하게 일
을 꾸며 놨어요. 난 완전 새 된 거라고요."

"도대체 지금 무슨 말을 하고 있는 겁니까?"

"포샤."

"포샤가 어쨌다고요?"

"어젯밤 누군가 포샤를 죽였어요. 목을 졸랐는지 어쨌는지 모
르겠지만, 시체를 내 아파트에 갖다 놓고 경찰에게 꼰질렀어요. 자
세한 내용은 나도 몰라요. 난 살해 혐의로 체포됐어요. 매튜, 내가

한 짓이 아닙니다."

나는 아무 말도 하지 않았다.

브로드필드는 언성을 높이면서 히스테리를 일으키기 일보 직전이었다.

"내가 안 했어요. 내가 왜 그 잡년을 죽이겠습니까? 그리고 왜 내 아파트에 놔두겠냐고요? 말이 안 되잖아요, 매튜. 하지만 이게 다 날 모함하려고 꾸민 일이고 경찰은 그대로 사건을 종결할 겁니다. 매튜, 이대로 날 감방에 처넣고 말 거라고요!"

"진정해요, 브로드필드."

침묵이 흘렀다. 나는 브로드필드가 이를 악물면서 사자들과 호랑이들로 가득 찬 우리에 대고 채찍을 휘두르는 조련사처럼 치미는 감정을 참고 있는 모습을 그려 봤다.

"알았어요."

다시 굳어진 브로드필드의 목소리가 들려왔다.

"내가 지금 너무 지쳐서 판단력이 흐려지기 시작했어요. 매튜, 이번 일은 날 꼭 좀 도와줘요. 보수는 달라는 대로 줄 수 있으니까."

나는 잠깐 기다리라고 말했다. 한 세 시간 정도 자다 일어났는데 마침내 내 상태가 얼마나 엉망인지 알아차릴 수 있을 정도로 정신이 들기 시작했다. 나는 수화기를 엎어 놓고 욕실로 가서 얼굴에 찬물을 끼얹었다. 거울에 비친 내 몰골이 얼마나 끔찍할지 알고 있었기 때문에 거울은 보지 않으려고 조심했다. 찬장에 버번이 조금 남아 있었다. 그걸 병째 마시고 몸서리를 친 후에, 다시 침대에 앉아 수화기를 집었다.

그리고 브로드필드에게 경찰서에 기록이 됐는지 물었다.

"방금 됐어요. 살인 혐의로. 일단 기록을 하면 그땐 전화를 쓰게 해 줘요. 놈들이 어떻게 했는지 압니까? 체포했을 때 내 권리를 읽어 주더군요. 미란다 원칙 있잖습니까. 내가 염병할 사기꾼들에게 그 빌어먹을 권리를 몇 번이나 말해 줬는지 압니까? 그런데 놈들이 그걸 내게 한 자도 안 빼고 다 읊고 있더라니까요."

"전화할 변호사는 있고요?"

"네. 유능하다고는 하는데, 그 친구는 절대 날 풀어 줄 수 없을 겁니다."

"나라고 뭐 뾰족한 수가 있을 것 같지 않은데."

"여기로 와 줄 수 있습니까? 지금은 말고요. 지금은 아무도 만날 수가 없어요. 잠깐 기다려요."

브로드필드가 전화기에서 돌아선 게 분명했지만, 누군가에게 방문객을 받을 수 있냐고 물어보는 소리가 들렸다.

브로드필드가 물었다.

"10시. 10시에서 정오 사이에 올 수 있습니까?"

"그럴 수 있을 것 같군요."

"당신에게 할 말이 많아요, 매튜, 하지만 전화론 할 수가 없는 이야기예요."

나는 10시 조금 넘어서 가겠다고 말했다. 그리고 전화를 끊고 버번 병을 들어 조금 더 마셨다. 머리가 무지근하게 아팠는데 이런 상태로 버번을 마시는 게 좋을 것 같지 않았지만, 그보다 더 나은 게 떠오르지 않았다. 그리고 다시 침대로 돌아가서 이불을 둘러썼다. 잠을 좀 자 둬야 했다. 그렇다고 잠이 오지 않을 거라는 건 알고 있었지만, 적어도 한두 시간 정도 똑바로 누워서 좀 쉴 수는 있을 것이다.

그러다 전화 소리에 깨어나기 전 꾸던 꿈이 기억났다. 너무나도 생생하게 떠오르는 그 기억에 온몸이 덜덜 떨리기 시작했다.

3장

그 일은 이틀 전인 쌀쌀하고 청명한 화요일 오후에 시작됐다. 나는 암스트롱에서 하루를 시작하면서, 평소처럼 적당히 빠릿빠릿해지면서 또 적당히 긴장을 풀기 위해 커피와 버번을 섞어 균형을 맞추고 있었다. 그걸 마시면서 《포스트》를 정신없이 읽느라 그가 내 맞은편에 있는 의자를 끌어 당겨 앉는 것도 모르고 있었다. 그러다 헛기침 소리를 듣고 비로소 고개를 들어 그를 바라봤다.

그는 숱이 많은 검은 곱슬머리에 키가 작았다. 뺨은 홀쭉했고, 이마는 툭 튀어 나와 있었다. 염소수염을 기르고 있었지만 윗입술은 깔끔하게 면도가 돼 있었다. 알이 두꺼운 안경 때문에 더 커 보이는 눈은 짙은 갈색으로 생기가 넘쳤다.

그가 말했다.

"바빠, 매튜?"

"그렇진 않아."

"잠깐 이야기를 하고 싶은데."

"해."

그는 알긴 알지만 아주 잘 아는 사이는 아니었다. 이름은 더글라스 퍼맨으로 암스트롱 단골이었다. 술을 많이 마시진 않지만, 일주일에 너덧 번은 오는데, 가끔은 여자 친구를 데려오기도 하고, 또 가끔은 혼자 오기도 했다. 대개는 맥주 한 병 들고 스포츠나 정치나 그때그때 나온 화제를 가지고 이야기를 나눴다. 작가라는데 자신이 쓰는 작품에 대해 이야기를 하는 건 들어 본 기억이 없다. 하지만 다른 일을 안 하는 걸 보면 작가로 먹고살 만한 것 같았다.

할 이야기가 뭐냐고 물었다.

"내가 아는 사람이 자넬 만나고 싶어 해, 매튜."

"그래?"

"자네에게 일을 부탁하고 싶은 것 같아."

"그럼 여기로 데려와."

"그건 좀 곤란하고."

"그래?"

더글라스는 뭔가 말을 하려다 트리나가 주문을 받으러 오자 입을 다물었다. 그는 맥주를 시켰고, 트리나가 맥주를 가져다주고 갈 때까지 우리는 어색하게 말없이 앉아 있었다.

더글라스가 다시 입을 열었다.

"사정이 좀 복잡해. 그 친구가 사람들 앞에 나설 수 없는 입장이야. 숨어 있거든."

"그 친구가 누군데?"

"그건 비밀이야."

그 말에 내가 더글라스를 노려봤다.

"알았어. 오늘 자 《포스트》 지면, 그 친구에 대한 기사를 읽었을 거야. 어쨌든 지난 몇 주간 신문이란 신문에 다 나왔으니까 읽었을걸."

"이름이 뭔데?"

"제리 브로드필드."

"그 사람이란 말이야?"

"요즘 아주 잘 나가지. 그 영국 여자가 고소한 후로 계속 숨어 지내고 있어. 하지만 영원히 숨어 있을 순 없으니까."

"어디 숨어 있는데?"

"아파트가 하나 있어. 거기서 자네를 보고 싶어 해."

"거기가 어딘데?"

"빌리지."

나는 커피 잔을 집어서 그 안에 무슨 점괘라도 나온 것처럼 들여다봤다.

"왜 나야?"

내가 물었다.

"내가 그 사람을 위해 뭘 해 줄 수 있다고 생각하는 거야? 이해가 안 되는데."

"그 친구가 자넬 데려다 달라고 부탁했어. 그 일로 돈을 좀 벌수 있을 거야. 어떻게 생각해, 매튜?"

우리는 9번가로 가는 택시를 타서 베드포드 근처에 있는 배로 가에 내렸다. 나는 더글라스가 택시비를 내게 놔뒀다. 그리고 엘리베이터가 없는 5층 아파트의 현관에 들어갔다. 절반이 넘는 초인종 옆에 거주자의 이름이 붙어 있지 않았다. 아마 아파트를 철거하기 위해 비우고 있는 중이거나 브로드필드의 이웃들이 그처럼 이름을 밝히고 싶어 하지 않는 성향이 있는 것 같았다. 더글라스가 그런 초인종 중 하나를 눌렀다. 세 번 누르고 기다리더니, 한 번 누르고 다시 좀 기다렸다가 또 세 번 눌렀다.

더글라스가 말했다.

"암호야."

"한 번 누르면 육로, 두 번 누르면 해로란 뜻이군."

"뭔 소리야?"

"아무것도 아니야."

삑 소리가 들리자 더글라스가 현관문을 밀어서 열었다.

"올라가 봐. 3층 D호야."

"자네는 안 가고?"

"자네 혼자 만나고 싶어 해."

계단을 반쯤 올라가다가 이게 혹시 날 함정에 빠뜨리려는 기발한 방법이 아닐까 하는 생각이 문득 들었다. 더글라스는 이미 쏙 빠져나가 버렸고, 내가 3층 D호 아파트에서 뭘 발견하게 될지 모를 일이었다. 하지만 날 해치고 싶은 사람이 있는지 지금으로선 생각이 나지 않았다. 거기서 다시 한 번 생각해 봤지만, 결국 이 일에서 발을 빼고 집으로 돌아가자는 좀 더 분별 있는 생각보다 호기심이 이기고 말았다. 나는 3층으로 올라가서 D호 아파트 문에 대고 3-1-3 암호대로 노크를 했다. 미처 노크를 끝내기도 전에 문이 열렸다.

그는 사진에 나온 것과 똑같았다. 그는 뉴욕 경찰서의 비리 수사를 담당하고 있는 애브너 프레자니언과 손을 잡은 이후로 지난 몇 주 동안 신문이란 신문에는 다 나왔다. 하지만 신문에 나온 사진만으론 키가 얼마나 큰지는 알 수 없었다. 그는 193센티미터는 거뜬하게 넘었고, 어깨도 떡 벌어진 데다 가슴팍도 두툼하니 듬직한 체격이었다. 배도 슬슬 나오기 시작한 30대 초반이었는데 10년만 지나면 체중이 20에서 25킬로로는 더 늘 것 같았다.

만약 10년 후에도 살아 있다면.

그가 입을 열었다.

"더글라스는 어디 있어요?"

"날 현관까지 데려다 주고 갔습니다. 당신이 나만 보고 싶다고 하면서."

"그건 맞는데. 노크 때문에 더글라스도 온 줄 알았습니다."

"내가 그 암호를 풀었거든요."

"그래요? 대단하신데요."

브로드필드가 별안간 씩 웃자 방이 다 환해졌다. 그는 치아를 다 드러내며 크게 미소 지었는데 분위기만 밝아진 게 아니라 실제로 표정 자체가 밝아졌다.

"당신이 매튜 스커더 씨군요. 들어오세요. 그렇게 근사한 집은 아닙니다만 감방보다는 낫죠."

"감방에 갈 수도 있는 겁니까?"

"경찰이 노력은 할 수 있죠. 그것도 발바닥에 땀나게 노력 중이니까."

"뭐 그럴 건수는 있는 겁니까?"

"누군가에게 조종당하고 있는 그 미친 영국 년 있잖아요. 지금 이 상황에 대해 얼마나 알고 있습니까?"

"신문에 나온 정도."

게다가 그 신문 기사마저도 딱히 열심히 읽은 건 아니었다. 그러니까 이 남자 이름이 제리 브로드필드고 경찰이란 건 알고 있었다. 그는 경찰로 12년간 근무했다. 6~7년 전에 사복형사로 진급했고, 2년 후에 경사로 승진했다. 그러다 2주 전에 경찰관 배지를 서랍에 던져 넣고 뉴욕 경찰 비리 수사를 하는 특별 검사에게 적극 협조하기 시작했다.

그가 문에 빗장을 거는 동안 서서 집 안을 둘러봤다. 가구가 딸린 아파트를 세냈는지 언뜻 봐서는 그의 성격에 대한 단서는 전혀 나오지 않았다.

"신문에 나온 기사가 어느 정도 맞아요. 포샤 카가 창녀라고 나왔는데, 그건 정확하고요. 나랑 포샤랑 아는 사이라고 한 것도 사실이고."

"그리고 당신이 그녀의 돈을 갈취했다고 나왔죠."

"그건 틀렸어요. 신문에선 내가 돈을 갈취했다고 포샤가 말했다고 나왔죠."

"갈취했습니까?"

"아뇨. 자, 여기 앉으세요, 매튜. 편안하게 앉아요. 술 한잔하시겠습니까?"

"괜찮습니다."

"여기 스카치도 있고, 보드카도 있고, 버번도 있고, 브랜디도

39

조금 있을 겁니다."

"버번이 좋겠군요."

"얼음? 소다수?"

"그냥 버번만 주세요."

브로드필드가 술을 가져왔다. 내 것은 버번만 잔에 따르고, 자신이 마실 것은 스카치와 소다수를 섞어서. 나는 결이 촘촘하게 짜인 초록색 소파에 앉고 그는 소파와 한 쌍인 키가 낮고 묵직한 안락의자에 앉았다. 나는 버번을 한 모금씩 마셨다. 브로드필드는 양복 재킷의 가슴 주머니에서 윈스턴을 한 갑 꺼내서 내게 권했다. 내가 고개를 젓자 그는 담배에 불을 붙였다. 라이터는 던힐 제품이었는데 금박을 입힌 건지 아니면 순금 라이터인지는 가늠이 되질 않았다. 입고 있는 양복도 맞춤 양복이었고, 셔츠 역시 맞춘 것으로 가슴 주머니에 그의 이니셜이 우아하게 수놓여 있었다.

우리는 술을 마시면서 서로 쳐다봤다. 그는 크고 넓적한 얼굴에 푸른 눈 위로 눈썹이 툭 튀어 나왔다. 눈썹 하나가 오래된 흉터 때문에 2등분돼 있었다. 머리는 엷은 갈색이었는데 유행을 따른다고 하기엔 색조가 조금 엷었다. 솔직하고 정직해 보이는 인상이었지만 좀 더 뜯어보자 가식이라는 판단이 섰다. 그는 자신에게 유리해 보이게 인상을 조작하는 법을 잘 아는 사람이었다.

그는 담배 연기가 뭐라고 말해 주기라도 할 것처럼 그걸 물끄러미 바라보고 있었다.

"신문에는 내가 아주 나쁜 놈으로 나왔죠? 건방진 경찰 놈이 자기가 몸담고 있는 경찰서 전체를 배신했는데, 알고 보니 불쌍한 창녀나 등쳐 먹는 악질이었단 말이죠. 이봐요, 당신도 한때 경찰이었잖아요. 몇 년이나 있었나요?"

"15년 정도."

"그러니 신문의 생리에 대해선 잘 알겠네요. 신문 기사가 다 맞는 건 아닙니다. 그자들도 다 신문 팔아먹자고 하는 짓이니까."

"그래서요?"

"그러니까 신문을 읽었다면 나에 대해 어떤 인상을 받았을 거란 말입니다. 특별 검사에게 덜미를 잡힌 사기꾼이거나 아니면 정신 나간 놈이란 인상."

"어느 쪽이 맞는 겁니까?"

그는 다시 씩 웃었다.

"둘 다 아닙니다. 이봐요, 내가 경찰이 된 지 햇수로 13년째예요. 경찰 몇 명이서 가끔 푼돈을 챙긴다는 걸 어제오늘 알게 된 게 아니란 말이죠. 그리고 특별 검사에게 약점을 잡힌 것도 아닙니다. 특별 검사 측에서 그 점은 분명히 밝히고 있으니까. 거기서 내가 애초에 내 발로 거길 찾아가서 자발적으로 수사에 협조했다는 걸 낱낱이 밝혔단 말입니다. 이봐요, 매튜. 그 사람들도 인간이에요. 그들이 날 누명을 씌워서 내칠 거였다면 이 사건에 대해 얼씨구나 떠들어 대지, 부인을 하진 않을 거란 말입니다. 하지만 내가 자발적으로 와서 우리 경찰서를 통째로 갖다 바쳤다고 말하고 있잖아요."

"그래서요?"

"그게 진실입니다. 그게 다예요."

이자는 내가 신부인 줄 아나? 난 이자가 정신병자건 사기꾼이건 아니면 둘 다이거나 둘 다 아니라고 하건 전혀 관심이 없었다.

그의 고백 같은 건 듣고 싶지 않았다. 분명 뭔가 목적이 있어서 날 여기까지 오게 했을 텐데, 이제 와서 자신의 입장을 해명하고 있었다.

어느 누구도 내게 자신에 대해 해명할 필요 없다. 나는 나 하나 감당하기도 벅찬 인간이다.

"매튜, 골칫거리가 하나 있어요."

"약점 잡힌 것도 없다면서요."

"포샤 카 말이에요. 내가 자기 돈을 갈취했다고 주장했어요. 내가 1주일에 100달러씩 내놓지 않으면 잡아갈 거라고 말했다는 겁니다."

"하지만 사실이 아니란 말이죠?"

"아니에요."

"그러면 그 여자는 그 말을 입증할 수 없을 거 아닙니까."

"그래요. 입증하고 자시고 할 게 없으니까."

"근데 대체 뭐가 문제입니까?"

"내가 그 여자랑 잤다고 말하고 있어요."

"아."

"그래요. 그것도 입증할 수 있을지 그건 모르겠지만, 그건 사실이니까. 그게 뭐 그렇게 대단한 일도 아니잖아요. 내가 성인군자도 아닌데. 그런데 그게 신문에 도배가 된 데다 돈을 강탈해 갔다는 구라까지 치고 있어서 대체 어떻게 해야 할지 모르겠어요. 그렇지 않아도 부부 생활도 순탄치 않은 마당에 내가 이 영국 잡년하고 놀아났다는 기사를 마누라 친구들과 가족들이 보면 마누라가 어떻게 나올지 뻔하잖아요. 유부남인가요, 매튜?"

"한때는."

"이혼했어요? 아이는?"

"아들 둘."

"난 딸 둘에 아들 하나예요."

그는 술을 한 모금 마시더니 담뱃재를 털었다.

"당신은 이혼한 것에 만족할지 모르겠지만 난 이혼할 생각 없어요. 그리고 그 갈취 혐의 때문에 정신이 하나도 없어요. 겁이 나서 이 빌어먹을 아파트도 못 나가고 있을 정도니까."

"여긴 누구 집이죠? 퍼맨은 우리 집 근처에 사는 줄 알았는데."

"퍼맨은 서부 50번가에 살죠. 거기 삽니까?"

내가 고개를 끄덕였다.

"여긴 내 집이에요. 여기 산 지 1년 조금 넘었어요. 포레스트 힐스에 집이 있는데 일이 생길 경우에 대비해서 시내에 거처가 하나 있으면 좋겠다 싶었거든요."

"여긴 누가 알죠?"

"아무도."

그는 몸을 앞으로 숙여서 담배꽁초를 문질러 껐다.

"정치가들에 대해 이런 이야기가 있죠. 지지율이 낮은 자가 하나 있는데 그 사람 라이벌이 압승을 거둘 거란 말이 돌았죠. 그래서 그 정치가의 선거 운동 매니저가 이러는 겁니다. '좋아요, 그럼 그 사람에 대한 소문을 하나 퍼뜨립시다. 그 사람이 돼지랑 섹스를 한다고 하는 겁니다.' 그 후보가 사실이냐고 물으니까 그 매니저가 아니라고 하는 거죠. '일단 그 사람이 부인하게 놔두자고요. 그냥 그렇게 놔두면 됩니다.'"

"무슨 소린지 알겠군요."

"아무리 터무니없는 중상이라도 막무가내로 퍼붓다 보면 쉽게 사라지지 않는단 뜻입니다. 어떤 빌어먹을 경찰이 포샤를 협박하고 있어요. 지금 상황이 그렇습니다. 내가 프레자니언에게 협조하는 걸 그만두면 그 대가로 포샤가 고소를 취하하는 거죠. 이 사태를 한마디로 정리하면 그래요."

"누가 배후에 있는지 압니까?"

"아뇨. 하지만 난 이 일에서 손을 뗄 수 없어요. 그리고 고소도 취하돼야 하고. 그 혐의로 법정에 선다고 해도 증명할 수 있는 건 하나도 없어요. 하지만 모양새가 좋지 않아요. 법정까지 안 간다해도 경찰서 내에서 자체적으로 수사를 하겠죠. 다만 이미 결론을 내린 상태에서 수사를 하는 게 다르다고 해야 하나. 날 곧바로 정직 처분 내렸다가 그다음엔 자르겠죠."

"난 당신이 사퇴한 줄 알았는데."

그는 고개를 흔들었다.

"내가 왜 그만둡니까? 근무 연수가 근 13년째인데. 왜 이제 와서 관둬요? 처음에 휴가를 내고 특별 검사를 찾아갔어요. 경찰에서 일할 거 다 하면서 특별 검사랑 일을 할 순 없잖아요. 그런 짓을 했다가 무슨 흉한 일을 당할지 모르는데. 하지만 옷을 벗을 생각은 한 번도 안 했어요. 이 조사가 끝나면 다시 돌아갈 겁니다."

나는 그를 바라봤다. 마지막으로 한 말이 진심이라면 이자는 내 생각보다 훨씬 더 미련한 인간인 게 확실했다. 대체 어떤 의도로 특별 검사를 돕고 있는지 모르겠지만, 경찰로서의 생명이 끝났다는 것만큼은 불을 보듯 뻔한 일인데. 검사에 협조하기로 한 순간부터 그는 경찰 누구도 손대지 않는 불가촉천민으로 전락했고, 앞으로 죽을 때까지 그 낙인을 지고 살아갈 것이다. 그 수사 때문에 경찰서가 대대적으로 개혁이 될지 안 될지는 상관없다. 누가 조기 퇴직을 하고 누가 잘리는가 하는 것도 문제가 되지 않는다. 그 어떤 것도 중요하지 않다. 일선에 있는 모든 경찰들, 청렴하건 부패했건, 정직하건 사기성이 농후한 경찰이건 모두 제리 브로드필드가 죽을 때까지 그를 배신자로 기억할 터였다.

브로드필드도 그 점은 알아야지, 경찰 밥 먹은 게 12년이 넘는다면서.

내가 말했다.

"내가 뭘 해야 할지 그림이 안 나오는군요."

"한 잔 더 할래요?"

"아니, 괜찮아요. 내가 뭘 하길 바랍니까, 제리?"

그는 고개를 외로 꼬면서 눈을 가늘게 떴다.

"간단해요. 당신은 전직 경찰이었으니까 요령을 잘 알잖아요. 그리고 지금은 사립 탐정이니까 자유롭게 활동할 수 있고. 그래서……."

"난 사립 탐정이 아닙니다."

"난 그렇게 들었는데요."

"탐정은 면허를 따기 위해 복잡한 시험을 치르죠. 그리고 의뢰인들에게 수수료를 청구하고, 기록을 보관하고, 소득세 신고를 하고. 난 그런 건 하지 않아요. 가끔 친구들의 부탁으로 일을 봐줄 때가 있죠. 그러면 그들이 보답으로 돈을 주고."

그는 다시 고개를 꼬고, 생각에 잠긴 얼굴로 고개를 끄덕였다.

마치 내게 뭔가 꼼수가 있을 거란 걸 짐작하고 있었는데 그게 뭔지 알게 돼서 흡족해하는, 그런 표정 같았다. 왜냐면 그런 꼼수가 없는 사람은 없는 법이니까. 내 꼼수가 이거였는데 자기는 그걸 간파할 만큼 머리가 좋은 거니까. 이 자식은 그런 꼼수를 좋아하는 인간이었다.

그렇다면 대체 왜 특별 검사와 짝짜꿍이 된 걸까?

"뭐, 탐정이든 아니든 내 부탁을 들어줄 순 있잖아요? 포샤를 만나서 이 일을 어떻게 해결하고 싶은지 알아봐 줘요. 대체 놈들이 뭘 가지고 포샤의 목을 조르고 있는지, 그리고 어떻게 하면 그걸 풀 수 있는지 알아봐 줄 수 있겠죠. 포샤의 배후를 알아내면 좋은 거고. 그 개자식의 이름을 안다면, 그 자식을 어떻게 요리해야 할지 알아낼 수 있을 테니까."

그는 이런 식으로 한참 떠들어 댔지만, 나는 대충 한 귀로 듣고 한 귀로 흘려버렸다. 그러다 그가 한숨 돌리려고 했을 때 내가 말했다.

"그 배후는 당신이 프레자니언과 헤어지길 바라는 거죠? 협조를 중단하고, 여기를 떠라. 뭐 이런 거잖아요."

"그게 바로 놈들이 원하는 거겠죠."

"그럼 왜 그렇게 하지 않습니까?"

그는 나를 빤히 쳐다봤다.

"지금 농담해요?"

"애초에 왜 프레자니언과 손을 잡았습니까?"

"그건 내 문제죠, 매튜. 안 그렇습니까? 난 그저 내 일을 봐 달라고 당신을 고용하는 건데?"

자기가 듣기에도 좀 지나치게 들렸는지 그는 표정을 풀면서 분위기를 풀려고 했다.

"이봐요, 매튜. 날 도와주기 위해서 내 생일과 주머니에 잔돈이 얼마인지까지 알아야 하는 건 아니잖아요. 안 그래요?"

"프레자니언이 당신 약점을 잡고 있는 것도 아니고. 그냥 당신이 제 발로 가서 경찰서를 통째로 흔들어 놓을 정보를 가지고 있다고 말했다면서요."

"맞아요."

"그렇다고 당신이 지난 12년 동안 눈을 가리고 일을 했던 것도 아닐 테고. 당신이 세상물정 모르는 샌님도 아니잖습니까."

"내가요?"

그는 치아를 드러내며 싱긋 웃었다.

"절대 아니죠."

"그래서 이해가 안 되는 겁니다. 당신 속셈은 뭡니까?"

"꼭 그런 게 있어야 합니까?"

"그런 거 없이 다니는 사람도 있나요?"

그는 내 말을 일단 생각해 보고 반박하지 않았다. 대신 껄껄 웃었다.

"그런데 당신은 그런 내 속셈을 알아야 하고요?"

"그렇죠."

그는 술을 홀짝홀짝 마시면서 내 질문을 생각해 봤다. 나는 그가 나보고 이만 꺼지라고 말해 줬음 하는 심정이었다. 여기서 조용히 빠져나가 그에 대해 잊고 싶었다. 내가 이해할 수도 없고, 맘에 들지도 않은 일에 관련된 사람이었다. 난 정말 그의 일에 엮이고 싶지 않았다.

그때 그가 말했다.

"다른 사람은 몰라도 당신은 이해해야 하는 거 아닌가요?"

나는 아무 말도 하지 않았다.

"당신은 경찰로 15년간 근무했잖아요, 그렇죠? 승진도 여러 번
하고 상당히 유능했으니까 사정을 잘 알 거 아닙니까. 경찰은 정
정당당하게 행동해야 하잖아요. 내 말 맞죠?"

"계속 이야기해 봐요."

"당신은 15년 근무했으니까 5년만 더 근무하면 퇴직해서 연금
을 받을 수 있었죠. 당신도 한때 나와 같은 입장이었단 겁니다.
하지만 그러다 한계에 이르죠. 경찰의 부패와, 갈취와, 뇌물들. 그
게 신경에 거슬리는 겁니다. 당신 같은 경우는 그냥 짐 싸서 나와
버렸죠. 그건 존경합니다. 내 말 믿어요. 정말 존경하고 있으니까.
나도 그래 볼까 생각했지만 그걸로 만족할 수 없었어요. 그건 내
스타일이 아니니까. 내가 12년이나 해 온 일을 그냥 때려 치우고
나올 순 없었다는 거죠."

"13년째였죠."

"뭐라고요?"

"아니요. 그래서요?"

"난 그런 것들을 외면하고 떠날 수가 없었단 말을 하고 있었습
니다. 그런 상황을 좀 더 나아지게 뭔가 해야 했어요. 확 다 바꿔
놓을 수는 없겠지만, 적어도 조금은 더 나아지게 하고 싶었죠. 그
러다 보면 옷을 벗는 사람들도 나올 것이고, 나도 그건 미안하게
생각해요. 하지만 그런 식으로 할 수밖에 없었어요."

지금까지 너무나 진지했던 표정에 갑자기 놀랄 정도로 커다란 미소가 떠올랐다.

　"이봐요, 매튜. 난 염병할 순교자가 아니에요. 난 당신이 본 대로 나만의 속셈이 있는 인간이지. 그건 제대로 짚었어요. 난 특별 검사도 믿기 힘들어하는 몇 가지 사실을 알고 있어요. 프레자니언은 강직하고 정직한 사람이지만 그 사람이 오면 모두들 입을 다물 테니까 그런 이야긴 절대 듣지 못하겠죠. 하지만 나 같은 사람은 모든 걸 들을 기회가 생긴단 말이에요."

　그는 몸을 앞으로 기울였다.

　"한 가지 말해 주죠. 어쩌면 당신도 모르는 일일 테고, 어쩌면 당신이 경찰로 있을 때는 그런 일은 아직 일어나지 않았는지도 모르죠. 하지만 이 망할 놈의 도시가 통째로 매수됐어요. 돈만 주면 경찰서 전체를 몽땅 다 살 수 있다니까. 제1급 모살까지 돈으로 다 해결할 수 있어요."

　"그런 소린 들어 본 적 없는데."

　거짓말이다. 나도 들어 본 적이 있다. 다만 믿지 않았을 뿐이지.

　"모든 경찰이 다 그런 건 아니에요, 매튜. 다 그렇진 않죠. 하지만 내가 확실하게 아는 사건만 두 건이에요. 살인자들이 돈을 주고 풀려난 게 두 건이란 말입니다. 거기다 마약 사건은 새삼 말할 필요도 없겠죠. 그거야말로 공공연한 비밀이니까. 거물급 마약상들은 밖에 나갈 때 주머니에 2000달러 정도 찔러 넣지 않고는 아예 나갈 생각도 하지 않아요. 그 돈을 통행료라고 한다나. 가다가 경찰에 잡혔을 때 그걸 주면 빠져나갈 수 있다고."

　원래 항상 그런 식이었던가? 내 기억엔 그렇지 않았던 것 같다.

뇌물을 받는 경찰들은 항상 있었다. 많이 받는 사람도 있고, 조금 받는 사람도 있고, 적당히 받는 사람도 있고. 그렇게 쉽게 들어오는 돈을 마다하지 않는 사람도 있고, 아예 대놓고 달라는 사람도 있었다. 하지만 결코 받지 않는 뇌물도 있다. 살인자들이 주는 돈과 마약상들의 돈은 누구도 받지 않았다.

하지만 상황은 변하게 마련이니까.

"그래서 그런 상황에 진력이 났다?"

"맞아요. 내가 이렇게 구구절절하게 설명하지 않아도 당신은 다 이해하지 않나요?"

"난 부패 때문에 옷을 벗은 게 아닙니다."

"그래요? 내가 잘못 알았군요."

나는 일어서서 제리가 버번 병을 놔둔 곳으로 걸어가서 내 잔에 새로 따라 반을 비웠다. 그리고 선 채로 말했다.

"부패 문제는 그렇게 거슬리지 않았어요. 그것 때문에 내 식구들이 먹고 살았으니까."

브로드필드에게 하는 말이라기보다는 혼잣말에 가까웠다. 내가 경찰을 그만둔 이유를 브로드필드가 제대로 알고 있는지 내가 별 관심 없는 것처럼 그 역시 그 이유가 별로 궁금하지 않았다.

"난 뇌물이 들어오면 받았죠. 그렇다고 달라고 손을 벌리고 다닌 건 아니고, 내가 보기에 심각한 범죄라고 판단했을 땐 돈을 줘도 받지 않았지만. 봉급만으론 살아가지 못했으니까."

나는 잔을 비웠다.

"당신은 많이 받았나 보군요. 월급으론 그런 양복을 사지 못할 텐데."

"당연하죠."

브로드필드는 또다시 씩 웃었다. 난 그 미소가 맘에 안 들었다.

"많이 챙겼어요, 매튜. 그 점에 대해선 토를 달지 않겠어요. 하지만 우리 모두 어느 정도 선을 긋잖아요. 안 그래요? 어쨌든 왜 그만뒀죠?"

"근무 시간이 맘에 안 들어서."

"좀 진지해져 봐요."

"이 정도면 충분히 진지한데."

그 정도가 내가 그에게 말하고 싶은 선이었다. 내가 알기로 그는 이미 내가 그만둔 사연을 알고 있거나, 적어도 사람들이 이러쿵저러쿵 떠드는 이야기를 들었을 것이다.

그때 일어난 일은 단순했다. 몇 년 전 나는 워싱턴 하이츠에 있는 술집에서 술을 마시고 있었다. 비번이어서 마음껏 술을 마실 수 있었고, 그 술집은 경찰들이 무장을 한 채 마실 수 있는 곳이었다. 그렇게 따지면 그것도 경찰 부패로 간주될 수 있지만 그것 때문에 고민해서 밤잠을 못 이룬 적은 한 번도 없었다.

그때 깡패 두 명이 가게를 털러 들어왔다가 나가는 길에 바텐더를 총으로 쏴서 죽였다. 나는 그들을 쫓아 거리로 나갔다가 업무용 권총을 쏴서 한 놈을 죽이고, 다른 한 놈을 불구로 만들었다. 하지만 총알 한 방이 빗나갔다. 그 총알은 어딘가에 맞고 튕겨 나가서 에스트레리타 리베라라고 하는 일곱 살 먹은 소녀의 눈에 맞았다. 눈에 맞은 그 총알이 그대로 뇌로 들어가서 아이는 죽고 그와 함께 내 일부도 같이 죽어 버렸다.

경찰 내에서 수사가 시작됐는데 결국 내 책임은 없는 걸로 결론이 났고 나는 심지어 훈장까지 받았다. 그리고 조금 지나서 나는 사표를 내고 애니타와 헤어지고 57번가에 있는 호텔에서 살게 됐다. 어떻게 이 모든 일들이 맞아떨어지게 됐는지, 아니 그렇게 맞아떨어지는 점이나 있었는지 모르겠지만, 그때는 더 이상 경찰로 사는 게 즐겁지 않았다. 하지만 이건 제리 브로드필드와 상관없는 일이었고, 내 입으로 그에게 그런 이야길 들려줄 생각은 결코 없었다.

그래서 이렇게 말했다.

"내가 당신을 위해 뭘 해 줄 수 있을지 정말 모르겠군요."

"내가 할 수 있는 것보단 더 많은 일을 할 수 있죠. 당신은 이 누추한 아파트에 갇혀 있는 것도 아니니까."

"음식은 누가 갖다 주죠?"

"음식요? 아, 밥 먹으러 외출은 합니다. 하지만 자주 나가지는 않아요. 그리고 아파트를 드나들 때 보는 눈이 없게 항상 조심하고 있고."

"곧 누군가 당신을 미행할 텐데."

"그거야 알고 있죠."

그는 새 담배에 불을 붙였다. 가느다란 황금 던힐 라이터는 그의 큼지막한 손 안으로 쏙 들어갔다.

"한 이틀 정도만 시간을 벌어 보려고 하는 겁니다. 그게 다예요. 포샤 기사가 어제 신문이란 신문에 다 도배가 됐는데, 그때부터 아파트에서 꼼짝도 하지 않았어요. 여기는 조용한 동네니까 이번 주까지는 버틸 수 있을 것 같은데. 그때쯤 되면 당신이 포샤의 입을 막을 수 있겠죠."

"어쩌면 손 하나 깜짝 못하는 일이 생길 수도 있고."

"노력은 해 볼래요? 매튜."

난 정말 그러고 싶지 않았다. 돈이 떨어져 가긴 했지만, 애가 탈 정도는 아니었다. 지금은 월초였고, 월세는 월말에 내서 이미 해결된 상태인 데다 버번과 커피 그리고 음식 같은 사치품을 살 현금 정도는 있었다.

나는 이 덩치 크고 재수 없는 인간이 맘에 들지 않았다. 하지만 그것 때문에 일을 맡기 싫은 건 아니었다. 사실 나는 내가 싫어하거나 경멸하는 사람들의 일을 해 주는 편을 선호했다. 그래야 일을 제대로 안 해도 양심의 가책이 들지 않으니까.

그래서 내가 제리 브로드필드를 싫어하는 건 중요하지 않았다. 그리고 그가 내게 말한 것 중에서 고작 20퍼센트도 믿지 않는다는 점 역시 중요하지 않았다. 그리고 그중 어느 20퍼센트를 믿어야 할지도 확신할 수 없었지만.

아마 그 마지막 문제 때문에 결심이 섰는지도 모른다. 나는 제리 브로드필드가 내게 한 이야기 중 어떤 것이 진실이고 어떤 것이 거짓인지 알아내고 싶었던 것 같다. 그리고 왜 그가 애브너 프레자니언과 동침을 하게 됐고, 포샤 카가 이 사건에서 어떤 역할을 하고 있으며, 누가 그를 모함하고 있는지, 그리고 어떻게 왜 그랬는지 궁금했다. 왜 이런 게 궁금했는지는 나도 모르겠지만 어쨌든 그랬다.

내가 말했다.

"좋아요."

"그럼 한번 해 보겠어요?"

나는 고개를 끄덕였다.

"돈이 좀 필요하겠죠?"

나는 다시 고개를 끄덕였다.

"얼마나?"

이럴 땐 얼마를 불러야 할지 항상 난감했다. 브로드필드가 하는 이야기로 봐서는 그렇게 시간이 많이 걸리진 않을 것 같았다. 그를 도울 방법을 찾아내거나 그렇지 못하거나 둘 중 하나였고, 그것은 금방 밝혀질 것이다. 하지만 싸구려처럼 굴긴 싫었다. 이 자식이 마음에 안 드니까. 빽질이에 비싼 양복을 입고 순금 던힐 라이터로 담배를 피우는 놈이니까.

"500달러."

그는 상당히 비싸다고 생각하는 것 같았다. 나는 다른 사람을 고용하고 싶으면 그러라고 말했다. 그는 재빨리 그런 생각은 전혀 하지 않았다고 하면서 양복 안쪽에서 지갑을 꺼내서 20달러와 50달러 지폐들을 셌다. 그가 앞에 있는 테이블 위에 지폐 다발을 내려놓고 나서도 지갑엔 돈이 아직 많이 남아 있었다.

"현금으로 드려도 괜찮겠죠?"

그가 말했다.

난 괜찮다고 대답했다.

"현금 싫다는 사람 별로 없더라고요."

그는 그렇게 말하면서 또다시 그 역겨운 미소를 지어 보였다. 난 그 자리에 그대로 앉아서 그를 뚫어져라 바라봤다. 그리고 허리를 숙여서 돈을 집었다.

4장

그곳의 공식 명칭은 맨해튼 남자 구치소지만, 그렇게 부르는 건 한 번도 들어 보지 못했다. 모두 그곳을 툼스라고 불렀다. 이유는 나도 모른다. 하지만 낡고, 색이 바래고, 오래된 그 건물과 그 안에 있는 사람들에게 어쩐지 잘 어울리는 이름이었다.

그곳은 뉴욕 관청가의 화이트 가에 있는데 편리하게도 경찰서 본부와 형사 법원 근처에 위치해 있다. 가끔씩 그곳에서 폭동이 일어나서 신문과 텔레비전 뉴스에 등장하곤 한다. 그러면 시민들은 그 구치소의 끔찍한 환경에 대한 기사를 읽게 되고, 수많은 선량한 시민들이 탄원서에 서명을 한다. 그러면 그에 따라 조사 위원회가 만들어져서 많은 정치가들이 기자 회견을 열고, 간수들이 월급 인상을 요청하는 일이 벌어지다가 몇 주가 지나면 그런 난리법석은 수그러지고 다시 평소대로 돌아가게 된다.

여기가 대부분의 현대식 교도소보다 더 열악하다는 생각은 해 본 적이 없다. 자살률은 높은 편이지만 그건 별 특별한 이유도 없이 감방에서 목을 매는 18세에서 25세 사이의 푸에르토리코 남자들의 성향도 한몫을 했다. 이들은 감방에서 푸에르토리코 인이라고 불리는 게 싫어서 그랬을 뿐인데 감방에 있으면 그런 어이없는 이유로도 자살을 하는 모양이었다. 이런 환경에 처한 같은 연령대의 백인들과 흑인들도 자살을 하지만, 푸에르토리코 인의 자살률이 훨씬 높았다. 그리고 다른 도시들보다 뉴욕에 푸에르토리코 인들이 훨씬 많이 살고 있다.

　자살률을 높이는 또 다른 이유로는, 툼스에 있는 간수들은 미국에 있는 모든 푸에르토리코 인들이 전등에 목을 매단다고 해도 눈썹 하나 까닥하지 않기 때문이다.

　나는 전화를 끊고 몇 시간 동안 잠도 자지 못하고 그렇다고 완전히 깨어 있는 것도 아닌 비몽사몽인 상태로 있다가 10시 30분 정도에 툼스에 도착했다. 아침을 먹고 《뉴욕 타임스》와 《뉴스》를 읽었지만 브로드필드나 그가 죽었다고 하는 여자에 대해 어떤 흥미로운 사실도 알아내지 못했다. 적어도 《뉴스》에는 그나마 기사라고 할 만한 내용이 있었는데 그걸 헤드라인으로 싣고, 3면에 대서특필해 놨다. 기사를 그대로 믿어 보자면 포샤 카는 교살된 게 아니라 누군가가 둔기로 머리를 내려친 다음에 날카로운 흉기로 심장을 찔러 살해했다.

　브로드필드는 전화로 그녀가 교살된 것 같다고 말했다. 그렇다면 그 자식이 연기를 했거나 아니면 이야기를 잘못 들었거나, 《뉴스》의 기사가 다 구라라는 소리인데.

맞든 틀리든 《뉴스》에 나온 기사는 그게 전부였다. 나머지는 배경 설명이었다. 그렇긴 해도 《뉴스》가 《뉴욕 타임스》보다는 나았다. 《뉴욕 타임스》는 그 살인 사건에 대해 한 줄도 싣지 않았다.

나는 감방에서 브로드필드를 볼 수 있었다. 그는 또 다른 맞춤 셔츠 위에 옅은 푸른색의 윈도페인 체크무늬(창유리 모양의 격자무늬 — 옮긴이) 양복을 입고 있었다. 재판을 받기 위해 수감된 사람은 자기 옷을 입는다. 하지만 툼스에서 형기 복역 중이라면 여기서 지급한 수의를 입어야 한다. 브로드필드의 경우엔 유죄 판결을 받게 되면 싱싱이나 댄모라나 아티카 교도소로 이송되니 그럴 일은 없다. 툼스는 살인범을 받는 곳이 아니다.

내가 안으로 들어가자 간수가 감방 문을 잠갔다. 간수가 우리 말을 들을 수 없을 정도로 멀리 갈 때까지 나와 제리는 아무 말도 하지 않은 채 서로 바라보기만 했다. 그리고 제리가 말했다.

"맙소사, 와 줬군요."

"온다고 했잖아요."

"그러긴 했지만 당신 말을 믿어야 할지 말지 몰랐어요. 주위를 한번 둘러보고 내가 감방에 갇혔다는 걸 실감하면, 내가 죄수란 걸 깨닫고 나면, 절대 일어날 수 없을 거라고 믿었던 일이 실제로 일어나는 걸 의식하면, 제기랄, 더 이상 뭘 믿어야 할지 모르게 된다니까요."

브로드필드는 주머니에서 담배 한 갑을 꺼내서 내게 권했다. 나는 고개를 저었다. 브로드필드는 순금 라이터로 담배에 불을 붙이더니 손에 라이터를 들고 무게를 재 봤다.

그가 말했다.

"이건 안 뺏어 가서 놀랐어요. 라이터나 성냥은 가지고 있지 못하게 할 줄 알았는데."

"당신을 믿나 보죠."

"무지하게 믿고 있겠죠."

그는 침대를 가리켰다.

"의자에 앉으라고 하고 싶지만 의자가 없어서. 침대에 앉아도 돼요. 물론 저 침대에는 조그만 생명체들이 살고 있을 확률이 높겠지만."

"서 있는 게 편합니다."

"나도 그래요. 오늘 밤 저 침대에서 잔다니 이거야 마치 소풍 온 것 같네. 왜 망할 놈들이 앉아 있을 만한 의자 하나 안 주는 걸까요? 그거 알아요? 놈들이 내 넥타이를 가져갔어요."

"그건 통상적인 절차인 걸로 알고 있습니다만."

"그렇죠. 하지만 나도 머리를 썼어요. 아파트에 들어간 순간 감방에 가게 되리란 감이 확 왔어요. 그때는 포샤에 대해선 전혀 몰랐어요. 내 아파트에 포샤가 있다는 거, 포샤가 죽었다는 걸 전혀 몰랐죠. 하지만 아파트에서 경찰들이 보이는 순간 포샤가 고소한 건 때문에 체포되리라는 걸 알았죠. 그래서 경찰들이 질문을 하는 동안 난 재킷을 벗고, 바지를 벗고, 신발도 발로 차서 벗었죠. 왜 그랬는지 알아요?"

"왜죠?"

"그러면 내가 다시 옷을 입게 놔둬야 하니까요. 처음부터 옷을 입고 있었다면 그대로 끌고 가면 되지만, 그렇지 않을 경우엔 뭔가 입혀야 하잖아요. 속옷만 입은 채로 시내까지 끌고 갈 순 없잖습니까. 그래서 난 벨트가 없는 바지 정장을 골랐죠."

그는 재킷을 벌려서 바지를 보여 줬다.

"그리고 구두가 아니라 간편화를 신고. 보이죠?"

그는 바짓단을 올려서 파란색 신발을 보여 줬다. 아무래도 악어 가죽으로 만든 것 같아 보였다.

"여기 오면 내 벨트랑 신발 끈을 가져갈 거라는 걸 알고 있었어요. 그래서 벨트나 신발 끈이 필요 없는 걸 골랐죠."

"하지만 넥타이를 맸잖아요."

그는 내게 다시 예의 그 불쾌한 미소를 지어 보였다. 오늘 아침 그를 본 이후 처음 보는 미소였다.

"맞아요. 내가 왜 그랬는지 알아요?"

"왜죠?"

"난 여길 나갈 거니까요. 내가 나갈 수 있게 당신이 도울 거니까요, 매튜. 난 죽이지 않았어요. 당신이 그걸 입증할 방법을 찾아낼 겁니다. 놈들이 질색하겠지만 어쩔 수 없이 날 내보내야 할 겁니다. 그때는 내 시계와 지갑을 내줄 것이고. 그러면 나는 시계를 손목에 차고 주머니에 지갑을 넣겠죠. 그리고 넥타이를 돌려주면 거울 앞에 서서 천천히 시간을 들여서 제대로 넥타이를 매겠죠. 내가 원하는 식으로 제대로 매려면 서너 번은 매야 할 겁니다. 그 다음에 앞문으로 나가서 그 앞에 있는 돌계단을 백만장자처럼 의기양양하게 걸어가겠죠. 그래서 이 빌어먹을 넥타이를 매고 온 겁니다."

그렇게 일장연설을 하자 제리는 기분이 좀 좋아진 것 같았다. 별다른 효과는 없었더라도 그 연설로 인해 자신이 품위와 스타일이 있는 남자라는 사실을 다시금 깨달았고, 지금처럼 감방에 있는 상황에서 그런 이미지는 그에게 아주 유용하게 작용했다. 그는 넓은 어깨를 떡 폈고, 목소리에선 징징거리던 분위기가 싹 가셨다. 나는 공책을 꺼내서 그에게 몇 가지 질문을 했다. 대답이 썩 나쁘진 않았지만 그렇다고 혐의를 벗게 해 줄 만한 것도 아니었다.

그는 나와 이야기한 후에 약 6시 30분 정도에 샌드위치를 먹으러 외출했다. 그러고는 그로브 가에 있는 델리카트슨(조제 식품 판매점 — 옮긴이)에서 샌드위치 하나와 맥주 몇 병을 사서 아파트로 가져왔다. 그리고 앉아서 라디오를 들으면서 맥주를 마시는데 자정이 되기 조금 전에 전화벨이 울렸다.

"난 당신이 건 전화인 줄 알았어요. 그 아파트로 전화하는 사람이 없거든요. 내 앞으로 등록이 된 전화도 아니고. 그래서 당신이 건 줄 알았죠."

제리가 말했다.

하지만 그가 모르는 목소리였다. 남자 목소리였는데 의도적으로 음성을 변조한 것 같았다. 전화 건 남자가 말하길 자기가 포샤의 마음을 바꿔서 고소를 취하하게 만들 수 있다고 했다. 그러니 브로드필드더러 브루클린의 베이 리지 지역에 있는 오빙턴 애비뉴의 한 술집으로 즉시 가라고 했다. 그 술집에 앉아서 누군가 접촉해 올 때까지 맥주를 마시고 있으라고.

내가 말했다.

"당신을 아파트 밖으로 유인해 내려고 그랬군요. 놈들이 잔머리를 너무 굴렸군. 당신이 그 술집에 있었다는 걸 입증할 수 있고, 타이밍도 맞는다면."

"술집은 없었어요, 매튜."

"네에?"

"애초에 거길 가는 게 아니었는데. 하지만 밑져야 본전이라고 생각한 거죠. 누군가 날 체포하고 싶다면 이미 내 아파트가 어디 있는지 알고 있는데 그렇게 잔머리를 쓸 필요가 없는 거 아니겠어요? 그래서 난 지하철을 타고 베이 리지로 가서 오빙턴 애비뉴를 찾아냈죠. 브루클린 지리에 대해 좀 알아요?"

"별로."

"나도 그래요. 그래서 오빙턴은 찾았는데 거기 있다는 술집이 보이질 않더라고요. 그래서 길을 잃었나 보다 생각하고 브루클린 전화번호부를 찾아봤는데 거기도 번호가 안 나와 있더라고요. 어쨌든 계속 찾아다니다가 마침내 포기하고 집으로 돌아왔어요. 그때쯤엔 함정에 걸렸단 생각이 들긴 했지만 대체 무슨 속셈이었는지 알 수가 없었죠. 그랬는데 아파트에 와 보니 경찰들이 쫙 깔려 있었고. 그러다 포샤가 아파트 한쪽 구석에 침대 시트를 둘러쓰고 누워 있는 걸 발견했죠. 바로 그것 때문에 그 개자식이 베이 리지에서 나 혼자 숨바꼭질을 하게 만든 겁니다. 하지만 하이 포커 라운지라는 술집이 없으니 내가 거기 있었다고 증언해 줄 바텐더도 있을 리 만무하고. 거기 있을 때 내가 찾아간 술집이 두어 개 있긴 하지만 이름들은 기억이 안 났어요. 그리고 그거로는 아무것도 입증할 수 없을 거예요."

"그 바텐더들 중 하나가 당신을 알아볼 수 있지 않을까요?"

"그리고 시간까지 제대로 기억한다고요? 그렇다 하더라도 그 거로는 아무것도 입증할 수 없어요, 매튜. 나는 갈 때도 지하철을 탔고 올 때도 지하철로 왔는데 기차들이 아주 천천히 달렸어요. 그러니까 내가 사실은 택시를 타서 알리바이를 만들었다고 칩시 다. 하긴 지하철을 타고 왔다 갔다고 해도 내가 베이 리지로 출발 하기 전인 11시 30분경에 내 아파트에서 포샤를 죽였을 수도 있 잖아요. 내가 아파트를 나왔을 땐 포샤는 거기 없었다는 게 진실 이지만. 그리고 내가 그녀를 죽이지 않았다는 것도 진실이고."

"누가 죽였죠?"

"그거야 뻔한 거 아니겠어요? 내가 훌륭하고 유서 깊은 뉴욕 경찰에 비수를 찌를 수 없게, 내가 살인 혐의로 감방에서 썩는 꼴을 보고 싶은 누군가가 그랬겠죠. 그렇다면 그 누군가는 대체 누굴까요? 그런 동기를 가진 사람은 누굴까요?"

나는 그를 한동안 빤히 바라보다가 시선을 돌렸다. 나는 그의 아파트에 대해 알고 있는 사람이 누구냐고 물었다.

"아무도 없어요."

"어이없는 소리 하지 말아요. 더글라스 퍼맨이 알고 있잖습니 까. 그 사람이 날 당신 아파트까지 데려왔잖아요. 그리고 당신이 내게 전화번호를 줘서 나도 전화번호를 알고 있고. 퍼맨도 아파트 전화번호를 알고 있나요?"

"그럴걸요. 맞아요. 그래요."

"더글라스와는 어떻게 단짝 친구가 된 겁니까?"

"더글라스가 날 한 번 인터뷰한 적이 있어요. 그가 쓰고 있는 책의 배경 조사를 하려고 그랬죠. 그 후로 좋은 술친구가 됐고.

왜요?"

"그냥 궁금했어요. 그 아파트에 대해 아는 사람이 또 누가 있죠? 당신 부인?"

"다이애나? 전혀 몰라요. 아내는 내가 가끔 시내에서 하룻밤 지내는 건 알고 있었지만, 난 호텔에서 잔다고 말했어요. 이 아파트에 대해서 아내에게는 절대 말하지 않을 생각이었죠. 남편이 아파트를 따로 장만했다고 하면 마누라가 생각하는 건 오직 하나 아니겠어요."

그는 항상 그렇듯이 갑작스럽게 미소를 지어 보였다.

"웃긴 건 처음에 이 아파트를 세냈던 이유가 필요할 때마다 잠을 좀 잘 곳이 필요해서였다는 거죠. 갈아입을 옷가지를 놔두고 뭐 그럴 곳으로. 여자들을 아파트로 데려오는 경우는 거의 없었어요. 그런 여자들은 대개 자기 집이 있으니까."

"하지만 데려오는 여자들도 있긴 있었죠."

"가끔은요. 술집에서 만난 유부녀 같은 여자들. 대부분 그런 여자들은 내 이름도 몰랐어요."

"당신 이름을 알 만한 사람으로는 또 누구를 데려왔습니까? 포샤 카?"

그는 순간 망설였는데 그걸로 대답은 충분했다.

"포샤도 집이 따로 있어요."

"하지만 배로 가에 있는 그 아파트에 그녀를 데려왔죠."

"한두 번 정도. 하지만 포샤가 날 밖으로 빼돌리고 몰래 들어가서 자살을 하진 않았겠죠, 안 그래요?"

난 아무 말도 하지 않았다. 제리는 그 아파트에 대해 알고 있을 만한 다른 사람을 생각해 봤지만 답이 나오질 않았다. 그리고 그가 알기로 더글라스와 나만 그가 아파트에 숨어 있는 걸 알고 있었다.

"하지만 그 아파트에 대해 알고 있는 사람이라면 짐작했을 수 있어요, 매튜. 그렇게 짐작하고 수화기를 들어서 한번 미끼를 던져 보는 거죠. 그리고 내가 기억도 못하는 술집에서 만난 여자에게 이야기해서 그 아파트에 대해 알아낼 수도 있는 거고. '아, 내 생각에 그 개자식은 자기 아파트에 숨어 있을 텐데.' 그러면 다른 누군가도 그 아파트에 대해 알게 되는 거고."

"특별 검사 사무실에서도 이 아파트에 대해 알고 있어요?"

"거기 사람들이 대체 왜 이 아파트에 대해 알고 있겠어요?"

"포샤가 당신을 고소한 후에 그쪽 사람들과 이야기해 본 적 있습니까?"

그는 고개를 흔들었다.

"뭣 때문에요? 신문에 그 여자 이야기가 나온 순간 그 개자식이 안면 몰수했는데. 그 자식에게 도와 달라고 해 봐야 소용없는 거고. 그 청렴결백 씨가 원하는 건 뉴욕 주 최초로 선거를 통해 선출된 주지사가 되는 것뿐이에요. 처음부터 그 자리에 눈독을 들이고 있었어요. 범죄와 전쟁을 벌였다는 명성을 등에 업고 정치가가 되려는 꿈을 꾼 게 그 자식이 처음도 아닌데요, 뭐."

"나도 그런 야망을 품었던 적이 있을지도 모르겠군요."

"뭐 놀랄 일도 아니죠. 아무튼 아닙니다. 내가 포샤를 설득해서 그녀의 마음을 바꾼다면, 프레자니언은 날 반갑게 맞아 주겠죠. 이제 포샤가 마음을 바꿀 일은 절대 없으니 그 자식도 내 편의를 봐주지 않을 겁니다. 하디스티와 같이 일하는 게 나았을 뻔했는데."

"하디스티?"

"녹스 하디스티. 지방 검사입니다. 적어도 그 인간은 연방 검사니까. 그 사람도 야심은 하늘을 찌르지만 프레자니언보단 내게 더 잘해 줬을 텐데."

"여기서 어떻게 하디스티가 나오죠?"

"나올 일이 없죠."

제리는 좁은 침대로 걸어가 그 위에 앉았다. 그리고 새 담배에 불을 붙여서 연기를 내뿜었다.

제리가 물었다.

"그래도 여기선 담배를 갖고 오게 해 줬는데. 감방에 들어가면 상황이 더 끔찍하겠죠?"

"하디스티란 이름은 왜 나온 겁니까?"

"처음에 그 사람에게 가려고 생각했거든요. 사실 한번 슬쩍 떠봤는데 관심 없어 하더라고요. 그 사람도 지자체의 부패에 관심이 있긴 하지만 정치적인 면에서만 그러고. 경찰 부패에는 관심이 없었어요."

"그래서 당신을 프레자니언에게 보냈군요."

"지금 농담해요?"

제리는 내가 그런 생각을 한다는 것에 놀란 것 같았다.

"프레자니언은 공화당원이에요. 하디스티는 민주당원이고. 둘 다 주지사 자리를 맘에 두고 있으니까 2년 정도 지나면 라이벌로 붙을 거라고요. 하디스티가 프레자니언에게 뭘 보낼 사이로 보여요? 하디스티는 내게 그냥 집에 가서 발 닦고 잠이나 자라는 투로 말했어요. 프레자니언에게 간 건 내 생각이었죠."

"그래서 당신이 그 사람에게 간 건 경찰 부패를 단 1분이라도 더 참고 볼 수 없어서였다?"

그는 나를 빤히 쳐다보며 차분하게 말했다.

"그 정도면 훌륭한 이유 아닌가요?"

"그렇게 말한다면야."

"내가 그렇게 말하고 있잖아요. 내가 프레자니인에게 간 이유가 뭐가 그렇게 중요해요? 그 자식과는 이제 완전히 끝났는데. 날 모함한 새끼가 누구든 목적 달성했잖아요. 당신이 그걸 뒤집어 놓을 방법을 찾을 수 있지 않는 한."

제리는 이제 일어서서 담배를 휘두르고 있었다.

"당신은 누가 날 모함했는지 그리고 어떻게 했는지 알아내야 해요. 그거 외에는 내가 혐의를 벗을 수 있는 방법이 없으니까. 재판을 하면 이길 순 있겠지만 나에 대한 의심은 가시지 않겠죠. 사람들은 내가 운이 좋아서 이긴 걸로 생각할 거고. 유명한 살인 사건의 범인으로 지목받았다가 풀려난 사람들 중에서 몇 명이나 그들이 정말 무죄일 거라고 사람들이 생각할까요? 살인을 저지르면 빠져나갈 수 없다는 말이 있지만, 그런 짓을 저지르고도 감옥에 가지 않은 사람을 당신은 몇 명이나 알죠?"

나는 생각해 봤다.

"한 다스는 있는 것 같군요. 그것도 당장 떠오르는 것만 그 정도고."

"거 봐요. 그리고 아마도 유죄일 거라고 생각하는 사람들까지

치면 그것의 여섯 배는 되겠죠. 리 베일리가 변호해서 풀려난 용의자들에 대해 사람들은 모두 그 개자식들이 유죄라고 확신하고 있어요. 경찰들이 아무개는 유죄인 게 분명하다, 그렇지 않으면 왜 베일리를 변호사로 쓰겠냐는 말을 들은 게 한두 번이 아니에요."

"나도 그런 말을 들어 본 적이 있습니다."

"그러니까요. 내 변호사도 유능하다고 하지만, 변호사가 아니라 변호사 할아버지가 와도 소용없어요. 내가 원하는 건 무죄 선고 이상이니까. 그리고 경찰들에게선 기대할 게 없어요. 이 사건을 담당한 인간들은 지금 좋아 죽고 있으니까. 내 모가지가 날아가는 걸 보는 게 그 자식들로서는 최고의 기쁨이겠죠. 그러니 왜 귀찮게 수사를 하고 자시고 하겠어요? 그들이 찾는 거라곤 날 유죄로 확정 지을 만한 증거들만 보겠죠. 그랬다가 내게 유리한 증거라도 찾으면 그걸 어떻게 할지 짐작이 가죠? 그야말로 쥐도 새도 모르게 감쪽같이 묻어 버릴 겁니다."

* * *

우리는 몇 가지를 살펴봤고, 나는 노트에 다양한 사항들을 적었다. 포레스트 힐스에 있는 제리의 집 주소와 그의 아내 이름과 변호사 이름과 이런저런 정보를 적었다. 제리는 내 노트의 종이 한 장을 찢고, 내 펜을 빌려서 내게 2500달러를 주라고 아내에게 허가하는 증서를 써 줬다.

"현금으로 드릴게요, 매튜. 그리고 그걸로 충분하지 않으면 돈은 더 있어요. 조사하면서 필요한 만큼 써요. 내가 다 댈 테니까.

67

그러니 해결만 해 줘요. 그럼 내가 그 넥타이를 멋지게 매고 여길 박차고 나갈 거니까."

"그 돈은 다 어디서 난 겁니까?"

제리는 날 빤히 쳐다봤다.

"그게 중요해요?"

"그건 잘 모르겠군요."

"대체 내가 뭐라고 해야 하는 겁니까? 월급에서 따로 떼서 저금해 놨다고? 당신도 그 정도는 알잖아요. 내가 청렴결백한 인간은 아니었다고 이미 말했잖아요."

"그렇군요."

"그 돈이 어디서 났는지 중요해요?"

나는 생각해 봤다.

"아뇨. 그렇진 않아요."

감방에서 나와 복도를 걸어올 때 간수가 물었다.

"당신도 전에 경찰이었지?"

"한때 그랬죠."

"그런데 지금은 저 자식을 위해 일하고 있단 말이지?"

"그렇습니다."

"흠. 항상 사람을 봐 가면서 일할 순 없으니까. 먹고살려면 할 수 없는 일이지."

그는 사려 깊게 말했다.

"사는 게 그렇죠."

간수는 조용히 휘파람을 불었다. 그는 50대 후반으로, 목살이

축 늘어져 있고 둥그스름한 어깨에, 손등에는 검버섯이 나 있었다. 다년간에 걸쳐 마신 위스키와 흡연 때문에 목소리가 걸걸했다.

"저 자식을 풀어 주려고?"

"난 변호사가 아니에요. 내가 증거를 찾아내면, 변호사가 그를 풀어 줄 수도 있겠죠. 그건 왜 묻죠?"

"그냥 물어본 거요. 만약 저 자식이 풀려나지 못하면, 사형 제도가 아직 있었으면 하고 바라게 될 거니까."

"그건 또 왜 그렇습니까?"

"저 자식은 경찰 아닌가?"

"그런데요?"

"한번 생각해 보시게. 지금은 저 자식이 감방에 혼자 있지. 재판이랑 이런저런 절차를 기다리면서, 평소에 입던 옷을 입고 혼자 있단 말이야. 하지만 유죄 판결을 받아서 아티카 같은 곳으로 이송된다고 치자고. 그러면 경찰과 원수진 범죄자들로 넘치는 감옥에 가게 될 거고, 그중 절반은 경찰을 씹어 먹으려고 드는 놈들일 텐데. 콩밥을 먹는 방법이야 여러 가지가 있겠지만, 저 불쌍한 자식보다 더 힘들게 형기를 사는 것도 어렵지 않겠나?"

"그 점은 미처 생각해 보지 않았네요."

간수가 내 말에 혀를 끌끌 찼다.

"저 자식은 웬 흑인 놈이 손수 만든 칼을 가지고 덤비지 않을까 자나 깨나 걱정하게 될 거야. 놈들은 식당에서 훔친 수저를 기계 공장에서 간단 말이야. 내가 몇 년 전에 아티카에서 근무해 봐서 놈들의 수법을 훤히 꿰뚫고 있지. 몇 년 전에 거기서 일어났던 큰 폭동 기억나나? 그때 놈들이 인질들을 잡았던 사건 말이야. 그때는 내가 이미 다른 곳으로 옮겨간 지 오래였지만, 인질로 잡혔다가 죽은 간수를 둘이나 알고 있었어. 아티카는 정말 살벌한 곳이야. 당신 친구 브로드필드가 거기로 이송돼서 2년 후에도 살아 있으면 엄청나게 운 좋은 거라고."

우리는 그 이후로 아무 말도 하지 않고 걸었다. 내가 막 나가려고 했을 때 간수가 말했다.

"세상에서 가장 힘든 감옥살이는 경찰이 하는 감옥살이야. 하지만 저 개자식은 그러고도 싼 놈이지."

"저 친구가 그 여자를 죽이지 않았을지도 모르죠."

"아, 염병. 저 자식이 그 여자를 죽이든 말았든 누가 상관이나 한대? 저 자식은 동료들의 등에 비수를 꽂았잖아. 배지를 찬 놈이 배신 때린 거 아니야? 난 그 더러운 창녀에 대해서는 관심 없어. 누가 그 여자를 죽였는지 안 죽였는지도 궁금하지 않고. 저 안에 있는 개자식은 무슨 꼴을 당해도 싸다니까."

5장

내가 거기 먼저 간 건 장소 때문이었다. 툼스는 관청가 구역의 화이트 가에 있었고 애브너 프레자니언과 그의 충성스러운 부하들은 처치 가와 브로드웨이 사이에 있는 워스 가에서 네 블록 떨어진 곳에 있는 빌딩에 있다. 그 건물은 정면이 벽돌인 좁은 노란색 건물로 그 안에는 회계사 사무실 두 곳과 복사 가게, 무역 상사가 있다. 1층에는 신발과 모자를 수선하는 가게가 있다. 나는 삐걱거리는 소리가 나는 가파른 계단을 올라갔는데 계단이 너무 많았다. 검사 사무실이 한 층만 더 높은 곳에 있었다면 포기하고 돌아갔을지도 모른다. 하지만 마침내 도착했는데 사무실 문이 열려 있어서 들어갔다.

화요일에 제리 브로드필드와 처음 만난 후로, 나는 포샤 카와 통화를 하기 위해 거의 2달러에 달하는 동전을 썼다. 물론 한 번

에 다 쓴 게 아니라 한 번 걸 때마다 10센트 동전 하나씩. 포샤
의 집에는 자동응답기가 있었는데, 공중전화로 걸어서 응답기가
받으면 동전이 대개는 그대로 넘어가 버린다. 하지만 빨리 끊으면,
운이 좋고 반사 신경도 좋으면 다시 동전을 돌려받을 수 있다. 하
지만 시간이 흐르면서 그런 행운도 점점 줄어들었다.

그날 동전을 낭비하고 있지 않을 때 다른 방법을 몇 가지 써
봤는데 그중 하나가 일레인 마델이란 여자와 관련된 일이었다. 그
녀는 포샤와 같은 업종에서 일하면서 사는 동네도 같았다. 나는
일레인을 보러 가서 그녀에게서 포샤에 대해 몇 가지 들었다. 직
접적인 정보는 아니지만(일레인은 포샤를 개인적으로 아는 사이가
아니었다.) 전에 들은 이런저런 소문이었다. 즉 포샤는 남자들의
SM(가학증과 피학대 성욕 도착증 ─ 옮긴이) 판타지를 충족시켜
주는 걸 전문으로 했는데, 요즘에는 손님도 받지 않았고, 유명하
거나 악명이 높거나 혹은 영향력이 있는 '특별한 친구'가 있었다
는 것이다.

프레자니언 사무실에 근무하는 여자는 일레인과 자매라고 해
도 좋을 만큼 닮았다. 그 여자가 내게 눈살을 찌푸렸을 때 비로
소 내가 그녀를 빤히 쳐다보고 있었다는 걸 깨달았다. 다시 보자
사실 일레인과 그렇게 닮지는 않았다. 주로 눈매가 닮았다. 그녀
는 유태인 특유의 짙고 깊고 짙은 눈을 가지고 있었는데 그 눈이
얼굴의 전체적인 인상을 좌우하고 있었다.

그녀는 용건이 뭐냐고 물었다. 내가 프레자니언 씨를 만나고 싶
다고 하자 약속이 있는지 물었다. 약속은 하지 않았다고 했더니
검사님이 다른 직원들처럼 점심을 먹으러 나갔다고 말했다. 난 그

녀가 여자이기 때문에 비서일 거라고 속단하지 말자고 다짐하고 내 용건에 대해 말하기 시작했다.

"전 비서에 불과해요. 검사님이 돌아오실 때까지 기다리시겠어요? 아니면 로비어 씨도 있는데. 로비어 씨는 자기 사무실에 계세요."

그 여자가 말했다.

"로비어 씨는 누구죠?"

"검사보시죠."

그 말을 들어도 여전히 그 남자가 누구인지 알 수 없었지만 그래도 만나 보고 싶다고 대답했다. 여자는 내게 앉으라고 브로드 필드의 감방에 있던 침대만큼이나 편안해 보이는 목재 접의자를 손으로 가리켰다. 나는 그대로 서 있었다.

몇 분 후에 나는 낡은 오크 합판 책상 앞에 앉아 있는 클로드 로비어와 마주 보고 앉게 됐다. 어렸을 때 다녔던 학교 교실마다 지금 클로드가 앉아 있는 것과 똑같은 교사용 책상이 있었다. 체육과 기술 과목은 제외한 다른 과목 교사들은 모두 여자였지만, 남자 선생님이 있었다면 클로드처럼 생겼을 것 같았다. 그는 그 책상 뒤에서 아주 편안해 보이는 얼굴로 앉아 있었다. 짧고 짙은 갈색 머리에 입매는 좁았는데 양쪽으로 마치 괄호처럼 깊게 주름이 파여 있었다. 손은 통통했고 손가락도 짧고 통통했다. 희고 부드러워 보이는 손이었다. 그는 흰색 셔츠와 갈색 넥타이를 매고 있었고 셔츠 소매는 걷어 올렸다. 그에게선 마치 내가 뭔가 잘못했지만 그게 뭔지 모르겠다는 변명은 통하지 않을 것 같은, 그런 불편한 분위기가 흘렀다.

"스커더 씨. 오늘 아침에 통화한 그 경관이신 것 같군요. 저로서는 아침에 한 이야기를 다시 할 수밖에 없습니다. 저희에겐 경찰에 넘길 정보가 없습니다. 브로드필드 씨가 저질렀을지도 모르는 범죄는 저희가 하는 조사 범위를 넘어선 일이며, 저희로서는 도저히 알 수 없는 일입니다. 아직 언론에 발표하진 않았지만 거기도 같은 입장으로 대응할 겁니다. 저희는 더 이상의 언급은 하지 않을 것이며, 브로드필드 씨가 자원해서 우리에게 모종의 정보를 제공했지만, 그 정보에 대해 우리는 어떤 조치도 취하지 않았으며, 브로드필드 씨의 법적 지위가 모호한 현재 여타의 조치를 취하지 않을 것입니다."

그는 마치 미리 준비한 걸 읽어 내리는 것처럼 단숨에 이렇게 말했다. 대부분의 사람들은 긴 문장으로 말하는 것도 힘들어하는데, 그는 구조적으로도 상당히 복잡한 단락들을 이어서 말했다. 그런 내내 옅은 색 눈으로 내 어깨 위쪽을 보면서 이 짧은 연설을 해냈다.

내가 말했다.

"오해하셨군요. 난 경찰이 아닙니다."

"그럼 기자신가요? 전⋯⋯."

"전직 경찰이었습니다. 2년 전에 그만뒀습니다."

이 정보에 그의 얼굴에 흥미로워하는 표정이 떠올랐다. 뭔가 계산하는 표정이었다. 그런 표정을 보자 기시감이 밀려왔고, 1분 정도 지나서야 그게 뭔지 깨달았다. 그의 표정을 보자 제리 브로드필드를 처음 만났을 때가 생각났다. 고개를 외로 꼬고 뭔가에 집중하면서 얼굴을 찌푸리던 바로 그 표정이었다. 브로드필드처럼 클로드 역시 내 속셈이 뭔지 궁금해했다. 그는 개혁가일지도 모르고, 청렴결백한 검사 밑에서 일하고 있는 것도 사실이겠지만, 그 나름대로 뇌물을 바라는 경찰만큼이나 탐욕스러운 인간이었다.

내가 말했다.

"방금 막 브로드필드를 만나고 오는 길입니다. 난 그 사람 일을 봐 주고 있습니다. 카란 여성을 죽인 건 자기가 아니라고 하더군요."

"그거야 당연히 그렇게 말하지 않을까요? 그 사람 아파트에서 시체가 발견된 걸로 아는데요."

나는 고개를 끄덕였다.

"의도치 않게 그 살해 혐의에 걸려들었다고 하더군요. 누가 그를 모함했는지 내가 알아봐 주길 원했습니다."

"그렇군요."

그는 내가 살인 사건을 해결하려고 노력하고 있다는 말을 들은 후로 나에 대한 흥미가 반감된 것 같았다. 그는 내가 경찰 전체를 흔들어 놓는 데 일조하길 바라고 있었다.

"그 일과 우리 사무실이 무슨 상관이 있는지 모르겠네요."

"상관이 없을 수도 있죠. 전 다만 이 상황을 좀 더 잘 이해하고 싶을 뿐입니다. 난 브로드필드를 잘 몰라요. 이번 주 화요일에 처음 만났으니까. 그 사람은 꽤 까다로운 의뢰인입니다. 사실을 말하고 있는 건지 좀체 속내를 알 수 없는 사람이라서."

클로드 로비어의 입술에 엷은 미소가 떠올랐다. 지금 이 상황에 어울리지 않는 표정이었다.

그가 말했다.

"그 표현 마음에 드는데요. 그 사람은 교묘하게 거짓말을 하죠, 그렇지 않습니까?"

"그게 분간하기 힘들어요. 얼마나 교묘하게 거짓말을 하고 있는 건지. 그리고 얼마나 거짓말을 많이 하는지도요. 그 사람 말로는 자기 발로 와서 여기에 정보를 제공했다고 하던데요. 당신들이 억지로 시킨 게 아니라고."

"그건 맞는 말입니다."

"믿기 어려운데요."

로비어는 두 손을 맞잡고 양 손가락 끝을 댔다.

"저희도 믿기 어려웠습니다. 어느 날 브로드필드가 다짜고짜 저희 사무실을 찾아왔습니다. 심지어 찾아온다는 전화 한 통 없이. 그 사람이 와서 어마어마한 정보를 주고 아무것도 바라지 않기 전까지는 그런 사람이 있는 줄도 몰랐으니까요."

"그건 말이 안 되는데요."

"저도 압니다."

그는 몸을 앞으로 내밀었는데 아주 집중한 표정이었다. 내 짐작에 그는 스물여덟 살 정도로 보였다. 심각한 태도 때문에 나이가 더 들어 보였지만 뭔가에 집중해 있을 때는 그 세월의 더께가 떨어지면서 앳된 얼굴이 드러났다.

"그래서 그 사람이 말하는 걸 믿기가 아주 힘들었습니다, 스커더 씨. 도대체 동기가 뭔지 모르겠단 말이죠. 아, 그 사람은 자기가 털어놓는 사실 때문에 범죄에 연루되는 일이 없게 면책 특권을 요청했지만 그건 자동적으로 그렇게 되는 거고. 그런데 그 외에는 아무것도 바라지 않더군요."

"그렇다면 그 사람이 여긴 왜 찾아온 겁니까?"

"저도 모르죠. 하나 말씀드리죠. 전 그 사람을 보자마자 믿을
수 없는 사람이란 생각이 들었습니다. 그 사람이 사기꾼이라서가
아니에요. 우린 항상 사기꾼들을 상대하는 게 일이니까. 하지만
그 사기꾼들은 아주 이성적인데 그 사람이 한 행동은 비이성적이
었단 말입니다. 내가 검사님에게 그 사람은 믿을 수 없다고 했죠.
괴짜에 사이코인 것 같다는 느낌을 받았다고 했습니다. 그 사람
과는 엮이고 싶지 않았어요."

"그래서 검사님에게 그렇게 말했나요?"

"그랬죠. 브로드필드가 종교적으로 각성해서 완전히 새로운 사
람이 됐다고 믿고 싶긴 했습니다. 그런 일도 일어나긴 하겠죠. 자
주는 아니지만 말입니다."

"그러겠죠."

"하지만 그 사람은 심지어 그런 척도 하지 않더군요. 전과 다
름없이 냉소적이고, 쾌활한 수완가였어요."

그는 한숨을 쉬었다.

"이제 검사님도 제 의견에 동의하십니다. 브로드필드와 손을
잡았던 걸 유감스럽게 생각하고 계세요. 그 남자는 살인을 저지
른 게 분명합니다. 아, 그리고 그 전에도 그 여자가 고소한 것 때
문에 나쁜 평판이 퍼졌고. 이 모든 것 때문에 우리가 상당히 미
묘한 입장에 처할 수 있습니다. 당신도 알겠지만 우린 아무 짓도
하지 않았어요. 하지만 일단 그런 평판이 퍼지면 우리에게 도움
이 될 게 없습니다."

나는 고개를 끄덕였다.

"브로드필드 말인데, 자주 봤나요?"

"그렇게 자주는 안 봤어요. 그자는 검사님과 직접 일했으니까."

"그 사람이 사무실에 누굴 데려온 적이 있었나요? 여자?"

"아뇨, 항상 혼자였어요."

"검사님이나 이 사무실의 누가 그를 이 사무실이 아닌 다른 곳에서 본 적이 있나요?"

"아닙니다, 브로드필드가 항상 여기로 왔습니다."

"그 사람 아파트가 어디 있는지 압니까?"

"배로 가에 있지 않나요?"

나는 그 말을 듣고 순간 흥분했지만 클로드가 이어서 말했다.

"그자가 뉴욕에 아파트를 가지고 있는 것도 몰랐지만, 신문에 그 기사가 나오지 않았나요? 그리니치 빌리지 어딘가에 있는 것 같던데."

"포샤 카란 이름이 나온 적 있습니까?"

"그자가 살해한 여자 말씀하시는 거죠?"

"살해된 여자가 바로 그 여자입니다."

클로드는 애써 미소를 지어 보였다.

"정정하죠. 아무리 상황이 명명백백하게 보여도 속단하면 안되겠죠. 그래요, 월요일 신문에 그 기사가 나오기 전까지 그 여자 이름은 들어 본 적이 없습니다."

나는 월요일 자 《뉴스》에서 찢어 낸 포샤의 사진을 클로드에게 보여 줬다. 그리고 그녀에 대해 말로도 설명을 좀 보탰다. 하지만 그는 전에 그녀를 본 적이 없다고 했다.

"제가 상황을 정확하게 파악했는지 한번 보죠. 그자가 이 여자에게서 돈을 뺏고 있었습니다. 1주에 100달러라고 했죠, 아마? 그래서 월요일에 그 여자가 그자의 정체를 폭로했는데 어젯밤 그자의 아파트에서 살해됐다는 거죠?"

"포샤는 브로드필드가 돈을 갈취해 갔다고 말했어요. 내가 만나 봤는데 같은 이야기를 하더군요. 하지만 거짓말을 하는 것 같았습니다."

"왜 거짓말을 하죠?"

"브로드필드의 평판을 떨어뜨리기 위해서겠죠."

클로드는 정말 어리둥절해 보였다.

"하지만 그 여자가 왜 그러고 싶겠어요? 그 여자는 창녀였어요, 안 그래요? 왜 창녀가 경찰 부패를 개혁하고자 하는 우리의 의지를 막으려고 하죠? 그리고 왜 누군가가 브로드필드의 아파트에서 창녀를 살해하겠어요? 제 머리로는 당최 이해가 되질 않는데요."

"흠, 그 점은 나도 반박할 여지가 없군요."

"정말이지 혼란스럽네요. 브로드필드가 애초에 왜 우릴 찾아왔는지도 이해할 수 없어요."

그가 말했다.

난 이해할 수 있었다. 적어도 왜 그랬는지 짐작할 수는 있었다. 하지만 그 점은 나 혼자 알고 있기로 했다.

6장

나는 호텔로 돌아가서 재빨리 샤워를 하고 전기면도기로 수염을 깎았다. 내 방에 메시지가 세 개 들어와 있었는데 전화를 건 세 사람 모두 전화를 해 달라고 했다. 애니타가 또 전화했고, 에디 퀼러가 전화했다. 그리고 일레인이 메시지를 남겼다.

애니타와 에디에게는 나중에 연락해도 괜찮을 것 같았다. 그래서 로비에 있는 공중전화로 일레인에게 전화를 했다. 호텔 전화로 하고 싶은 전화가 아니었기 때문이다. 호텔에서 통화 내용을 듣진 않겠지만, 조심해서 나쁠 건 없으니까.

일레인이 전화를 받았을 때 내가 말했다.

"여보세요. 내가 누군지 아나?"

"그런 것 같아요."

"전화를 달라고 해서."

"그랬죠. 전화는 괜찮아요?"

"난 지금 공중전화인데. 그쪽은 어때?"

"이 전화는 깨끗할걸요. 일주일에 한 번 하와이 친구에게 돈을 주고 와서 도청됐는지 확인해 달라고 하고 있으니까. 아직까진 나온 게 없지만 어쩌면 그 인간이 순 엉터리인지도 모르죠. 그걸 내가 어떻게 알겠어요? 덩치가 쪼그만 남잔데 어쩌면 완전히 기계치인지도 몰라요."

"당신은 정말 재미있는 여자야."

"이렇게 웃을 일도 없으면 세상을 뭔 재미로 살겠어요, 안 그래요? 하지만 전화는 신중하게 쓰는 게 좋겠죠. 내가 왜 전화했는지 알죠?"

"그렇지."

"당신이 요전 날 했던 질문들 있잖아요. 내가 또 매일 신문 읽는 여자란 말이에요. 그래서 이 일로 내가 피를 보는 건 아닌지 궁금해지더라고요. 내가 걱정해야 하는 일인가 해서 전화했어요."

"절대 그럴 일은 없어."

"확실해요?"

"100퍼센트 확실해. 당신이 이것저것 물어보느라 전화를 걸었던 게 덜미를 잡힐 수는 있겠지만. 꽤 여러 명에게 물어보지 않았나?"

"그건 이미 입단속했어요. 당신이 걱정할 일이 하나도 없다고 하면 된 거죠, 뭐. 우리 엄마인 마델 부인의 말씀처럼 내가 또 말 하나는 끝내주게 잘 듣는 착한 여자거든요."

"마델이 가명이라고 생각했는데."

"네? 아니, 아니에요. 내 본명이 일레인 마델이에요, 자기. 우리 아버지가 그 전에 이름을 바꾸긴 했지만 어쨌든 내가 세상에 나왔을 땐 이미 그 근사한 이교도식(유대인이 아닌 이교도라는 의미 — 옮긴이) 이름이었죠."

"내가 나중에 찾아갈지도 모르겠어, 일레인."

"일 때문에요? 아니면 재미 좀 보려고요? 아니, 이렇게 말해야겠다. 자기 일 아니면 내 일?"

나는 수화기에 대고 내가 싱긋 웃고 있다는 걸 깨달았다.

"어쩜 둘 다겠지. 지금은 퀸스에 가야 하는데 가게 되면 나중에 전화할게."

"어쨌든 전화해요, 자기. 올 수 없어도 전화해요. 그래서……"

"그래서 전화라는 게 있지. 나도 알아."

"아, 자기는 날 너무 많이 파악했다니까. 재미없네요."

그녀가 대꾸했다.

내가 탄 지하철은 스프레이 페인트 깡통을 휘두른 미치광이의 작품으로 도배가 돼 있었다. 그가 세상에 전하고 싶은 메시지는 단 하나였는데 기회가 있을 때마다 그 메시지를 거듭해서 정교한 소용돌이와 다른 장식으로 써 놨다.

그가 우리에게 말한 메시지는 바로 '우리둘도 사람이다'라는 것이었다. '들'을 '둘'로 잘못 쓴 건지 아니면 마약에 취해 나온 통찰력 있는 메시지인지 도무지 분간할 수 없었다.

우리둘도 사람이다.

나는 퀸스 대로에서 콘티넨털까지 가는 내내 그 문구의 의미를 생각해 봤다. 그리고 지하철에서 내려 몇 블록 걸으면서 사립 학교 이름들을 딴 거리들을 지나쳤다. 엑시터, 그로턴, 해로 가. 그러다 마침내 브로드필드와 그의 가족이 사는 난센 가에 도착했다. 난센이란 이름은 어떻게 나왔는지 모르겠다.

브로드필드의 집은 조경을 잘해 놓은 땅에 멀찍이 뒤로 물러나 앉은, 좋은 집이었다. 보도와 거리 사이의 좁은 땅에 서 있는 오래된 단풍나무에서 계절이 여실히 드러나고 있었다. 붉은색과 황금색 단풍으로 불타오르는 것 같은 나무였다.

집은 이층집으로 30~40년 정도 돼 보였다. 그 세월에 비해 잘 관리된 태가 났다. 이 블록 전체가 비슷한 집들이 들어서 있었지만, 모두 제각각 달라서 개발 구역에 있는 것 같은 느낌은 들지 않았다.

그렇다고 뉴욕의 다섯 개 자치구에 들어와 있는 느낌도 없었다. 맨해튼에 살았을 때의 기억이 잘 나지 않았다. 거리에 나무들이 들어선 단독 주택에 사는 뉴욕 인들의 비율이 얼마나 높은지도 기억이 나지 않았고. 정치가들마저도 그런 건 잘 기억하지 못한다.

나는 바닥포장용 판석이 깔린 길을 따라 정문으로 가서 초인종을 눌렀다. 집 안에서 초인종 소리가 울려 퍼지는 게 들렸다. 그리고 문으로 걸어오는 발소리가 들리더니 짧고 검은 머리에 날씬한 여자가 문을 열었다. 그녀는 노란빛이 감도는 짙은 녹색 스웨터에 짙은 녹색 바지를 입고 있었다. 녹색이 잘 어울렸다. 눈 색깔이 돋보이고 수줍은 나무의 요정 같은 분위기를 한층 고조시키는 효과가 있었다. 미인이었는데 울고 있지만 않았다면 훨씬 더 예뻤을 것 같았다. 눈 가장자리는 울어서 불그스름했고 얼굴은 핼쑥했다.

내가 이름을 밝히자 안으로 들어오라고 했다. 그리고 오늘 날이 안 좋아서 집이 엉망이라 미안하다는 말도 했다.

나는 거실로 따라 들어와서 그녀가 가리킨 의자에 앉았다. 말은 그랬지만 집 안은 깔끔했다. 거실은 흠잡을 데 없는 데다 고상한 취향의 가구들이 자리 잡고 있었다. 실내 장식은 보수적이면서도 전통적이었지만 그렇다고 박물관 같은 분위기가 나지도 않았다. 여기저기에 은제 액자에 끼운 사진들이 있었다. 업라이트 피아노(현을 세로로 쳐 놓은 직립형 피아노 — 옮긴이) 위에 음악책이 한 권 펼쳐져 있었다. 그녀는 그 책을 집어서 덮은 뒤 피아노 의자 안에 치웠다.

"아이들은 2층에 있어요. 세라와 제니퍼는 오늘 아침에 학교에 갔어요. 내가 그 뉴스를 듣기 전에 학교에 갔죠. 점심 먹고 학교에서 왔을 때는 밖에 못 나가게 했고. 에릭은 내년에 유치원에 가니까 집에 있는데 익숙하고. 아이들이 무슨 생각을 하는지도 모르겠고, 나도 아이들에게 뭐라고 해야 할지 모르겠어요. 전화벨은 계속 울려 대지. 전화선을 뽑아 버리고 싶지만 중요한 전화가 올지도 몰라서. 전화선을 뽑아 놨으면 선생님이 건 전화도 못 받았을 텐데. 어떻게 해야 할지 알았으면 좋겠어요."

그녀는 얼굴을 찌푸리면서 두 손을 마주 비틀었다.

"죄송해요."

이제는 한결 차분해진 목소리였다.

"제가 충격을 받아서 멍하기도 하고 초조하기도 하고 그러네요. 이틀 동안 남편이 어디 있는지도 몰랐는데, 이제는 감방에 있는 걸 알게 되니……. 거기다 살인 혐의를 받고 있고."

그녀는 억지로 심호흡을 했다.

"커피 좀 드시겠어요? 방금 새로 끓였는데. 아니면 더 독한 걸 드릴 수도 있어요."

나는 커피에 위스키를 타 주면 좋겠다고 대답했다. 그녀는 부엌으로 갔다가 커피를 담은 커다란 머그잔 두 개를 들고 돌아왔다.

"어떤 위스키를 넣어야 할지, 그리고 위스키 양을 얼마나 넣어야 할지 몰라서요. 장식장에 술이 있는데 좋아하시는 걸 직접 고르시는 게 어떨까요?"

장식장에는 비싼 술들이 구비돼 있었다. 새삼 놀랍지는 않았다. 경찰들은 크리스마스에 술 선물을 많이 받는다. 현금을 주기 껄끄러워하는 사람들도 선물로 괜찮은 술을 한 병 혹은 박스 채 주는 건 편하게 생각한다. 나는 머그잔에 와일드 터키를 듬뿍 넣었다. 그래 놓고 술을 낭비한 것 같아 후회가 됐다. 커피에 넣으면 한 방울 넣으나 더 넣으나 맛은 별로 차이가 없는데.

"그렇게 마시면 좋나요?"

그녀는 자신의 머그잔을 두 손으로 감싸 쥔 채 내 옆에 서 있었다.

"나도 그렇게 마셔 볼까요? 원래는 그렇게 마시지 않는데. 맛이 별로더라고요. 술이 좀 들어가면 마음이 좀 진정될까요?"

"나쁠 건 없을 것 같습니다."

그녀는 잔을 내밀었다.

"좀 따라 주시겠어요?"

내가 술을 따르자 그녀가 스푼으로 젓더니 시험 삼아 한 모금 마셨다.

"아, 좋은데요."

아이 같은 목소리였다.

"몸이 따뜻해져요. 이거 독한가요?"

"칵테일 정도로 생각하면 돼요. 그리고 알코올의 효과를 커피가 중화시키는 경향이 있죠."

"그럼 안 취한단 말인가요?"

"결국엔 취하죠. 하지만 그렇게 되기까지 기운이 빠지진 않습니다. 보통 한 잔 마시면 취하십니까?"

"한 잔 하면 술기운은 느끼죠. 술이 센 편이 아니라서. 하지만 이 정도면 괜찮을 것 같아요."

그녀는 날 바라봤고, 짧은 순간 우리는 서로의 눈을 강렬하게 바라봤다. 그때도 몰랐고 지금도 정확히 그때 무슨 일이 일어났는지 모르겠지만, 우리의 눈이 마주치면서 말로 할 수 없는 의미가 오고 갔고, 그 자리에서 무언의 합의에 이르게 됐다. 비록 우리둘 다 의식적으로는 그 합의된 바가 뭐였는지 혹은 그 전에 오갔던 의미가 뭐였는지 깨닫지 못했지만.

내가 먼저 눈길을 돌렸다. 나는 그녀의 남편이 적어 준 쪽지를 지갑에서 꺼내 그녀에게 건넸다. 그녀는 재빨리 훑어보더니, 다시 좀 더 꼼꼼하게 읽었다.

그녀가 물었다.

"2500달러요. 지금 받고 싶으시죠, 스커더 씨?"

"아무래도 경비가 좀 들어갈 테니까요."

"그럼요."

그녀는 그 쪽지를 반으로 접어서 다시 또 반으로 접었다.

"제리가 선생님 이름을 언급한 기억이 없는데. 남편과 오랫동안 알고 지낸 사이였나요?"

"오래는 아닙니다."

"경찰이시군요. 함께 일하셨나요?"

"전직 경찰이었습니다, 브로드필드 부인. 지금은 일종의 사립 탐정이라고 해 두죠."

"일종의?"

"면허가 없습니다. 오랫동안 경찰로 근무한 탓에 서류를 작성하는 데 혐오감이 들어서 말입니다."

"혐오감이라……."

"네에?"

"제가 크게 말했나요?"

그녀가 갑자기 생긋 웃자 얼굴이 환해졌다.

"경찰이 그런 말을 쓰는 걸 한 번도 들어 본 적이 없어서요. 아, 경찰들도 문자를 많이 쓰죠, 아시잖아요. 제가 제일 좋아하는 문구는 바로 '혐의가 제기된 용의자'예요. '범법자'라는 말도 재미있고. 경찰이나 기자나 그런 말을 쓰지만, 사실 기자도 글로 쓰지 실제로 말하진 않으니까요."

우리의 눈이 마주치자 그녀의 미소가 다시 시들해졌다.

"죄송해요, 스커더 씨. 제가 횡설수설하고 있네요."

"그렇게 횡설수설하는 것도 맘에 드는데요."

순간 그녀의 얼굴이 붉어질 듯했으나 결국 그렇진 않았다. 그녀는 심호흡을 하고 금방 돈을 준비하겠다고 말했다. 내가 서두를 것 없다고 하자 빨리 끝내는 게 낫지 않겠냐고 대꾸했다. 내가 앉아서 커피를 마시는 동안 그녀는 거실을 나가서 계단을 올라갔다.

몇 분 후에 그녀는 지폐 다발을 들고 와서 내게 건넸다. 내가 그 다발을 펼쳐 봤다. 모두 50달러와 100달러 지폐였다. 나는 그 지폐들을 재킷 주머니에 넣었다.

"세어 보지 않으실 건가요?"

나는 고개를 저었다.

"사람을 잘 믿는 분이시군요, 스커더 씨. 성함을 말씀해 주셨을 텐데 죄송하지만 기억이 안 나네요."

"매튜입니다."

"전 다이애나예요."

그녀는 자신의 커피 잔을 집어서 마치 쓴 약을 마시는 것처럼 재빨리 들이켰다.

"어젯밤에 제가 남편과 같이 있었다고 한다면 도움이 될까요?"

"남편분은 뉴욕에서 체포됐습니다, 브로드필드 부인."

"방금 제 이름을 말했잖아요. 그렇게 부르지 않을 건가요?"

그녀는 그러다 우리가 무슨 이야기를 하고 있었는지 기억해 내고 어조가 바뀌었다.

"몇 시에 체포됐나요?"

"새벽 2시 30분경입니다."

"어디서요?"

"빌리지에 있는 아파트요. 카 양이 남편분을 고소한 후로 계속 거기에서 지냈다고 합니다. 어젯밤 누군가 남편분을 불러내 아파트를 나가게 했고요. 그사이에 누군가가 카 양을 남편분 아파트에 데려다 놓고 거기서 살해한 후에 경찰에 일렀습니다. 아니면 그 여자가 죽은 후에 데려다 놨던 건지도 모르겠습니다."

"제리가 죽였을 수도 있죠."

"그건 말이 안 됩니다."

그녀는 한동안 그 점에 대해 생각해 보다 또 한 모금 마셨다.

"그 아파트는 누구 거죠?"

"저도 잘 모르겠습니다."

"정말요? 남편 게 분명해요. 아, 전 항상 남편에게 다른 집이 있을 거라고 확신하고 있었어요. 한동안 남편 옷들이 안 보이는 게 있어서 시내 어딘가에 놔두고 있을 거라고 짐작했죠."

그녀는 한숨을 쉬었다.

"남편이 왜 그런 걸 숨기려고 하는지 궁금해요. 나도 알 만큼은 알고 남편도 내가 안다는 걸 알 텐데, 안 그런가요? 다른 여자가 있다는 걸 내가 모를 거라고 생각했을까? 내가 신경 쓸 거라고 생각했을까요?"

"신경 쓰이지 않습니까?"

그녀는 오랫동안 날 노려봤다. 내 질문에 대답하지 않을 것 같았지만 마침내 입을 열었다.

"당연히 신경 쓰이죠. 꼭 말로 해야 하나요?"

그러더니 자신의 커피 잔을 내려다보다가 비어 있는 걸 보고 실망스러운 기색을 보였다.

"커피를 좀 더 마실 건데요. 당신도 더 드실래요?"

"고맙습니다."

그녀는 머그잔들을 부엌으로 가져갔다. 돌아오는 길에 장식장 앞에 멈춰서 두 잔에 술을 따랐다. 와일드 터키 병을 기울여 아까 내가 따랐던 것보다 최소 두 배는 더 되는 양을 부었다.

그리고 소파에 다시 앉았지만 이번에는 아까보다 내 의자에 가깝게 앉았다. 그녀는 커피를 한 모금씩 마시면서 머그잔 위로 날 바라봤다.

"그 여자가 몇 시에 살해됐나요?"

"제가 들은 마지막 뉴스에 따르면 사망 시간을 자정으로 추정하고 있더군요."

"그리고 남편은 새벽 2시 30분경에 체포됐단 말이죠?"

"그때쯤이죠, 맞아요."

"그럼 간단하네요, 안 그래요? 아이들이 잠자리에 든 후에 남편이 집에 왔다고 제가 말하면 되잖아요. 날 보러 와서 옷을 갈아입었다고. 그리고 나랑 같이 「조니 카슨 쇼」가 끝나는 11시까지 텔레비전을 보고, 다시 뉴욕으로 나갔다가 그 시간에 경찰에게 체포됐다고. 그럼 안 되나요?"

"그래 봤자 득 될 게 없어요, 다이애나."

"왜죠?"

"아무도 안 믿을 테니까요. 남편에게 도움이 될 유일한 알리바이는 부인의 말이 아니라 아무도 깰 수 없을 정도로 신빙성이 높아야 합니다."

"그 점을 제가 알고 있어야 했군요."

"그렇죠."

"남편이 그 여자를 죽였나요, 매튜?"

"안 죽였다고 하더군요."

"남편 말을 믿어요?"

나는 고개를 끄덕였다.

"그 여자를 죽인 사람은 다른 사람이라고 믿습니다. 그리고 계획적으로 남편분을 모함했죠."

"왜죠?"

"경찰 부패 수사를 중지시키기 위해서요. 아니면 개인적인 이유일 수도 있고. 누군가 포샤 카를 죽일 이유가 있었다면, 남편분이야말로 완벽한 희생양이었죠."

"내가 물어본 건 그런 뜻이 아니었어요. 왜 당신은 제 남편이 무고하다고 믿는 거죠?"

나는 그 점을 생각해 봤다. 내게도 그렇게 믿을 만한 상당히 훌륭한 이유들이 있었다. 그중 하나는 그렇게 멍청한 방법으로 살인을 저지르기엔 제리가 너무 영리하다는 사실이었다. 그가 자기 아파트에서 그 여자를 죽였을지도 모르지만, 그렇다고 거기 그 시체를 놔두고 알리바이도 없이 밖에서 두어 시간 돌아다닐 사람은 아니었다. 하지만 그런 이유는 사실 그렇게 중요하지 않았고, 그녀에게 그렇게 말할 필요도 없었다.

"그냥 남편분이 죽인 게 아니라고 믿습니다. 난 오랫동안 경찰이었어요. 그러다 보면 직감이라든가 본능 같은 게 발달하게 됩니다. 감이 오는 거죠. 그리고 능력이 있으면 촉이 오고."

"유능한 경찰이었겠군요."

"형편없진 않았어요. 일을 하는 요령도 있었고, 본능적으로 날카롭기도 했고. 그리고 그 일에 몰두하다 보니 열심히 하게 됐죠. 그러면 늘게 되죠. 정말 몰입을 하다 보면 훨씬 쉽게 그 일을 잘할 수 있게 되니까요."

"그런데 경찰을 나왔군요."

"그래요. 몇 년 전에."

"자발적으로?"

그녀는 갑자기 얼굴이 붉어지더니 입에 손을 댔다.

"정말 죄송해요. 주제넘게 바보 같은 질문을 했어요."

"그렇지 않아요. 맞습니다. 자발적으로 나왔죠."

"왜요? 물론 내가 상관할 바는 아니지만."

"개인적인 이유죠."

"물론 그러시겠죠. 너무 죄송해요. 아무래도 제가 좀 취한 것 같아요. 용서해 주실 거죠?"

"용서하고 자시고 할 것도 없습니다. 개인적인 이유였어요. 그게 답니다. 나중에 이야기를 하고 싶을지도 모르죠."

"그럴지도 모르겠네요, 매튜."

그리고 우리 시선이 다시 허공에서 마주쳐서 엉겼다. 그러다가 갑자기 그녀가 심호흡을 하면서 잔에 든 커피를 비우고는 말했다.

"돈을 받았나요? 내 말은 경찰로 일할 때 말이에요."

"좀 받았죠. 그걸로 부자가 되진 않았고, 달라고 손을 내밀고 다니지도 않았지만, 주는 건 받았습니다. 우리 월급만으론 생활이 되지 않았으니까."

"결혼하셨나요?"

"아, '우리'라고 해서 그렇군요. 지금은 이혼했습니다."

"가끔 저도 이혼에 대해 생각해 봐요. 물론 지금은 그럴 수 없지만. 지금은 남편이 곤경에 처했으니 옆에서 마음 아파하면서, 지켜봐 주는 현모양처가 돼야겠죠. 왜 웃으시나요?"

"부인도 저만큼이나 문자 쓰는 걸 좋아하는 것 같아서요."

"그렇군요."

그녀는 눈을 내리깔았다.

"제리는 돈을 많이 받았어요."

"나도 그렇게 짐작했습니다."

"제가 당신에게 드린 돈 2500달러 말이에요. 집에 현금이 그렇게 많다는 걸 한번 생각해 보세요. 전 그냥 2층에 올라가서 돈을 세어 가지고 온 것뿐이에요. 아직도 금고에는 거금이 남아 있어요. 남편이 대체 거기 얼마나 됐는지 모르겠어요. 한 번도 세어 본 적이 없어서."

나는 아무 말도 하지 않았다. 그녀는 양반다리를 하고 앉아서 무릎 위에 두 손을 단정하게 놓고 있었다. 그녀의 긴 다리를 덮은 짙은 초록색 바지와 밝은 초록색 스웨터와 서늘한 초록색 눈동자. 길고 가는 손가락과 깔끔하게 다듬은, 매니큐어를 칠하지 않은 섬세한 손.

"남편이 특별 검사랑 일을 하기 전까지는 그 금고에 대해서 전혀 모르고 있었어요. 그 남자 이름은 죽어도 기억이 안 나네요."

"애브너 프레자니언."

"맞아요. 물론 나도 남편이 뇌물을 받고 있다는 건 알고 있었어요. 남편이 말을 한 건 아니지만 쉽게 알 수 있는 거고, 남편도

힌트를 준 적이 있어요. 내가 그걸 알고 있기를 바라면서도 굳이 말로 하고 싶진 않았던 것 같아요. 남편의 월급만으로 우리가 생계를 꾸려 나간 게 아니라는 건 분명했으니까. 그리고 남편이 옷에 돈을 하도 많이 써서, 다른 여자들에게도 돈을 쓸 거란 생각이 들었죠."

그녀의 목소리는 금방이라도 울음을 터트릴 것 같았지만 마치 아무 일도 없었던 것처럼 이야기를 이어갔다.

"하루는 남편이 절 데려가서 그 금고를 보여 주더군요. 거기에 번호 자물쇠가 있는데 남편이 번호를 알려 줬어요. 남편은 언제고 필요하면 갖다 쓰라고 하면서 돈은 항상 들어올 거라고 하더군요. 전 조금 전까지 그 금고는 열어 보지 않았어요. 그 안에 얼마나 있는지 세어 보지도 않았고. 그건 보고 싶지도 않았고, 생각도 하기 싫었고, 거기 돈이 얼마나 있는지 알고 싶지도 않았어요. 재미있는 사실 하나 알려 줄까요? 지난 주 어느 날 밤 남편을 떠날 생각을 하는데 남편 없이 어떻게 살아야 할지 막막하더군요. 제 말은 재정적으로 말이죠. 그런데도 금고에 있는 돈은 생각도 안 했어요. 그런 생각 자체가 안 들더군요.

제가 아주 윤리적인 사람인지는 모르겠어요. 사실 아니란 생각이 들어요. 하지만 금고에 돈이 그렇게 많이 있는데, 대체 그 많은 돈을 가져오려면 그 사람이 무슨 짓을 했을지 생각하기도 싫었어요. 지금 제 말이 무슨 뜻인지 알겠어요, 매튜?"

"네."

"어쩌면 남편이 그 여자를 죽였을지도 몰라요. 남편은 사람을 죽여야 한다고 마음먹으면 양심의 가책 따위를 느낄 사람이 아니에요."

"남편이 근무하다 살인한 적이 있습니까?"

"아뇨. 범인을 몇 명 쏜 적은 있지만 죽은 사람은 없었어요."

"군 복무를 한 적은요?"

"독일 기지에서 2년 동안 복무했죠. 하지만 전투에 배치된 적은 없어요."

"남편은 폭력적인 사람인가요? 한 번이라도 당신에게 손찌검을한 적이 있습니까?"

"아뇨, 그런 일은 없었어요. 가끔 남편이 무섭긴 했어요. 이유는 설명할 수 없지만. 사실 그럴 만한 이유는 없었는데 말이에요. 전 제게 손을 대는 남자라면 누구든 떠날 거거든요."

그녀는 씁쓸한 미소를 지었다.

"적어도 그럴 거라고 생각하죠. 하지만 전에는 바람을 피우는 남자와도 살 수 없다고 생각했는데……. 왜 우리는 우리가 생각하는 만큼 자신을 잘 알지 못하는 걸까요, 매튜?"

"좋은 질문입니다."

"제게는 좋은 질문이 아주 많답니다. 전 사실 남편을 잘 모르겠어요. 이거 참 놀라운 일 아닌가요? 그 오랜 세월 부부로 살아왔는데 그 사람을 모르겠어요. 그 사람을 알았던 적이 없었던 거죠. 남편이 당신에게 왜 특별 검사와 협조하기로 했는지 말해 줬나요?"

"남편분이 부인에게 미리 말해 두셨으리라고 생각했는데요."

그녀는 고개를 흔들었다.

"전 아무것도 몰라요. 하지만 그렇게 따지고 보면 남편의 마음을 정말 모르겠어요. 그 사람은 왜 저랑 결혼했을까요? 이거야말로 정말 좋은 질문 아닌가요? 제리 브로드필드는 작고 볼품없는 다이애나 커밍스의 뭘 보고 매력을 느꼈을까요?"

"아, 그런 소리 말아요. 당신도 자신이 매력적이란 걸 알고 있을 텐데요."

"제가 못생기지 않았다는 건 알아요."

"그 이상이죠."

당신의 손은 마치 한 쌍의 비둘기처럼 당신의 허벅지 위에 살포시 내려앉아 있지. 그리고 당신의 눈 속을 들여다보는 남자는 그만 그 속에서 길을 잃어버릴 것 같아.

"전 그렇게 극적이지 않아요, 매튜."

"무슨 뜻인지 모르겠군요."

"어떻게 설명해야 하지? 어디 보자. 어떤 배우들은 무대에 등장하는 순간 모든 관객의 시선을 사로잡잖아요? 무대에서 다른 누군가가 대사를 읊는 도중이라도 상관없이. 그 정도로 강렬한 존재감이 있어서 관객들은 어쩔 수 없이 그 배우를 보게 되잖아요. 전 그 정도는 아니죠. 그런 것과는 전혀 거리가 멀어요. 하지만 제리는 그런 사람이죠."

"남편분이 확실히 그런 면이 있긴 있죠. 아마 키가 큰 것도 그 이유 중 하나일 것 같습니다."

"키뿐만이 아니에요. 남편은 키도 크고 미남이지만 그 이상의 뭔가가 있어요. 그이에게는 특별한 카리스마가 있어요. 거리를 다니는 사람들은 남편의 그런 면을 보는 거죠. 제가 남편을 안 이후 쭉 그랬어요. 하지만 남편도 그렇게 보이기 위해 무지 노력해요.

가끔 남편이 그렇게 애를 쓰는 걸 본 적이 있답니다, 매튜. 전에도 써 봐서 효과가 있었던, 무심한 척하면서 세련된 포즈를 취하는 걸 알아보게 되죠. 그리고 그것이 얼마나 계산된 행동인지 알게 되면 그 순간 남편이란 사람을 정말로 경멸하게 되죠."

밖에서 차 한 대가 지나갔다. 우리는 시선을 엇갈린 채 앉아서 멀리서 들리는 거리의 소음과 각자의 마음속에 떠돌고 있는 생각을 듣고 있었다.

"이혼하셨다고 했죠?"

"그렇습니다."

"최근에?"

"몇 년 됐습니다."

"아이들은요?"

"아들 둘이에요. 아내가 키우고 있습니다."

"전 딸 둘에 아들 하나예요. 아까 말했죠?"

"세라와 제니퍼와 에릭."

"기억력이 대단하시네요."

그녀는 자신의 손을 바라봤다.

"이혼하니 더 낫나요?"

"나도 모르겠습니다. 가끔은 더 낫기도 하고 또 가끔은 나쁠 때도 있습니다. 사실 그런 식으로는 생각하지 않습니다. 선택의 여지가 없었죠. 이혼해야만 했습니다."

"아내분이 이혼을 원하셨군요."

"아뇨. 이혼을 원한 쪽은 접니다. 내가 혼자 살아야 했던 거죠. 하지만 그런 심정이 정말 어쩔 수 없이 들었다는 겁니다. 이해할 수 있을지 모르겠네요. 난 혼자 있어야 했습니다."

"아직도 혼자 사시나요?"

"그렇습니다."

"그게 좋아요?"

"그걸 좋아하는 사람도 있을까요?"

그녀는 오랫동안 아무 말도 하지 않았다. 무릎을 손으로 움켜 쥔 채, 고개를 뒤로 기울이고 눈을 감은 채 생각에 잠겨 있었다. 그러다 계속 눈을 감은 채 말했다.

"제리는 어떻게 될까요?"

"뭐라고 말하기 힘들어요. 확실한 증거가 나오지 않는 한 재판까지 갈 겁니다. 풀려날지도 모르고 아닐 수도 있습니다. 유능한 변호사라면 오랫동안 재판을 끌고 갈 수 있겠죠."

"하지만 유죄 판결을 받을 수도 있겠죠?"

나는 망설이다가 고개를 끄덕였다.

"그럼 감옥에 가겠네요?"

"그럴 수도 있습니다."

"맙소사."

그녀는 머그잔을 들어 물끄러미 그 안을 들여다보다가, 고개를 들어 나와 눈을 마주쳤다.

"커피 좀 더 드릴까요, 매튜?"

"난 됐습니다."

"전 좀 더 마실까요? 한 잔 더?"

"필요하시다면."

그녀는 잠시 생각하더니, 마음을 정했다.

"필요하진 않아요. 제게 필요한 게 뭔지 알아요?"

나는 아무 말도 하지 않았다.

"당신이 여기 와서 제 옆에 앉아 주었으면 해요. 전 포옹이 필요해요."

내가 그녀 옆 소파에 앉자 그녀가 마치 온기를 찾아드는 작은 동물처럼 내 품 안으로 간절하게 들어왔다. 내 얼굴에 닿은 그녀의 뺨은 아주 부드러웠고, 숨결은 따뜻하고 달콤했다. 내가 키스하자 그녀의 몸이 순간 뻣뻣해졌다. 그러다 자신이 오래전 결단을 내렸다는 걸 깨달은 것처럼 내 품에서 긴장을 풀고 그 키스에 화답했다.

어느 시점에 그녀는 이렇게 말했다.

"모든 걸 다 놓아 버려요. 모든 걸."

그 후로 그녀는 아무 말도 할 필요가 없었고, 나 역시 마찬가지였다.

시간이 조금 흐른 후에 우리는 아까처럼 앉아 있었다. 그녀는 소파에, 나는 내 의자. 그녀는 술을 넣지 않은 커피를 마시고 있었고, 난 버번을 한 잔 마셨는데 버번 병의 절반 이상을 내가 비웠다. 우리는 조용히 이야기를 나누고 있다가 계단에서 발소리가 들리자 이야기를 멈췄다. 열 살 정도 된 여자아이가 거실로 들어왔다. 엄마랑 많이 닮은 아이였다.

아이가 말했다.

"엄마, 내랑 제니퍼가……."

"'나'랑 제니퍼라고 해야지."

아이는 극적으로 한숨을 쉬었다.

"엄마, 나랑 제니퍼가 「마이크로 결사대」를 보고 싶은데 에릭이 돼지처럼 「플림스톤」을 보고 싶다는 거야. 나랑 제니퍼는 그 영화 너무 싫은데."

"에릭을 돼지라고 하면 안 돼."

"에릭을 돼지라고 한 게 아니야. 돼지처럼 군다고 했지."

"그래, 그건 다르겠구나. 너랑 제니퍼는 엄마 방에서 그 영화를 봐라. 그럼 되잖아?"

"에릭이 엄마 방에서 보면 안 돼? 어쨌든 에릭이 우리 방에서 우리 텔레비전으로 보겠다는 거잖아."

"엄마 방에 에릭 혼자만 두는 건 안 돼."

"나랑 제니퍼도 우리 방에 에릭 혼자만 있는 건 싫단 말이야. 그리고……."

"세라."

"알았어. 우리가 엄마 방에서 볼게."

"세라, 이분은 스커더 씨야."

"안녕하세요, 스커더 씨. 그럼 이제 가도 되지?"

"그래."

아이가 2층으로 올라가자, 그녀는 길고 낮게 휘파람을 불었다.

"제가 정신이 나갔었나 봐요. 한 번도 이런 적이 없었는데. 저도 성인군자는 아니었지만. 제 말은…… 작년에 잠깐 만난 사람이 있었어요. 하지만 아이들도 있는 우리 집에서 이러다니. 세라가 언제 우리를 볼지도 모르는 상황에서 말이에요. 세라 소리는 듣지도 못했네요."

그녀는 갑자기 생긋 웃었다.

"하긴 3차 세계 대전이 일어났다고 해도 못 들었겠지만. 당신은 정말 다정한 사람이에요, 매튜. 어떻게 이런 일이 일어났는지 모르겠지만 변명은 하지 않겠어요. 이 일이 일어나서 기뻐요."

"나도 그래요."

"당신이 한 번도 제 이름을 불러 준 적이 없다는 거 알아요? 매번 브로드필드 부인이라고 했죠."

나는 그녀의 이름을 한 번 부른 적이 있었고 마음속으로는 여러 번 불렀다. 하지만 다시 말했다.

"다이애나."

"훨씬 낫네요."

"다이애나, 달의 여신."

"그리고 사냥의 여신이죠."

"사냥도? 난 달의 여신이란 것만 알고 있었는데."

"오늘 달이 뜰지 궁금하네요. 이미 날이 어두워지고 있는데. 믿을 수 없어요. 여름은 어디로 사라진 거죠? 엊그제가 봄이었는데 벌써 10월이라니. 2주 후면 우리 집의 터프한 인디언 꼬마 세 명이 핼러윈 의상을 입고 이웃 사람들에게 사탕을 강탈하러 다니겠네요."

그녀의 얼굴이 어두워졌다.

"결국 피는 못 속이는군요. 남의 것을 뺏는 전통이라니."

"다이애나."

"거기다 한 달만 있으면 추수감사절이고요. 석 달 전에 추수감사절을 지낸 것 같은데. 아니면 기껏해야 넉 달 전에?"

"무슨 말인지 알아요. 하루하루는 아주 천천히 가지만, 1년은 나는 듯 가 버리죠."

그녀는 고개를 끄덕였다.

"전 항상 우리 할머니가 미쳤다고 생각했어요. 할머니가 나이 들면 시간이 더 빨리 간다고 하셨거든요. 그때는 할머니가 미쳤거나 아니면 저를 아주 잘 속아 넘어가는 꼬맹이로 보셨나 보다 그렇게 생각했죠. 어떻게 사람 나이에 따라서 시간이 흘러가는 속도가 바뀔 수 있냐고요? 하지만 차이가 있더라고요. 1년은 제 인생의 3퍼센트지만 세라에게는 10퍼센트가 되니까. 물론 저로선 1년이 나는 듯 지나가고, 세라에게는 기어가는 것처럼 느껴지겠죠. 그리고 세라는 시간이 어서 갔으면 싫겠지만, 전 천천히 흐르길 바라고. 아, 매튜. 나이 드는 건 정말 재미없어요."

"바보 같기는."

"제가요? 왜요?"

"당신도 그냥 애면서 나이 든다는 말을 하고 있으니 하는 말입니다."

"자식이 있는 사람은 더 이상 애가 아닌걸요."

"그런 게 어디 있어요?"

"그리고 전 늙어 가고 있어요, 매튜. 어제보다 제가 얼마나 더 늙었는데요."

"늙었다고? 하지만 젊어지기도 하잖아요, 안 그래요? 어떤 면에서는."

"아, 그래요. 당신 말이 맞아요. 그건 생각 안 해 봤군요."

잔이 비었을 때 나는 일어나서 이제 가 보는 게 좋겠다고 말했다. 그녀는 좀 더 있으면 좋겠다고 했지만 난 그럴 수 없는 게 나은 거라고 말했다. 그녀는 내 말을 생각해 보더니 동의했지만 그래도 더 있다 가면 좋을 거라고 했다.

그녀가 말했다.

"추울 텐데. 해가 지면 요즘은 금방 쌀쌀해져요. 제가 맨해튼까지 차로 데려다 드릴게요. 그렇게 해요. 세라가 아이들을 봐 줄 수 있을 정도로 컸으니까 괜찮아요. 지하철로 가는 것보다 그게 더 빨라요."

"지하철 타고 갈게요, 다이애나."

"그럼 지하철역까지만 태워다 드릴게요."

"걸으면서 술을 좀 깨는 게 좋겠어요."

그녀는 내 얼굴을 물끄러미 보다가 고개를 끄덕였다.

"알겠어요."

"뭔가 알아내면 곧바로 전화할게요."

"그렇지 않아도 전화할 건가요?"

"그렇지 않아도 전화할게요."

나는 그녀를 안으려고 했지만 그녀가 뒤로 물러났다.

"제가 매달리지 않을 거라는 걸 당신이 알아 줬음 해요, 매튜."

"나도 알아요."

"제게 빚진 것 같다는 생각도 할 필요 없어요."

"이리 와요."

"아, 다정한 사람."

문가에서 그녀가 말했다.

"당신은 계속 제리를 위해 일하겠죠? 이것 때문에 우리 사이가 복잡해질까요?"

"대개 모든 일이 그렇죠."

내가 말했다.

밖은 추웠다. 거리 모퉁이로 가서 북쪽으로 돌자 얼얼할 정도로 세찬 바람이 내 등을 후려쳤다. 나는 양복 하나만 입고 있었는데 그걸로 바람을 막기에는 충분치 않았다.

지하철역으로 절반쯤 가다가 제리의 외투를 빌려 올 수도 있었단 생각이 문득 들었다. 제리처럼 옷을 좋아하는 남자라면 외투가 서너 벌은 있을 테고, 다이애나는 기꺼이 하나를 빌려줬을 것이다. 미처 그 생각은 하지 못했고 그녀도 그렇게 권하지는 않았는데, 이제 와서 생각해 보니 그 편이 나았으리란 생각도 들었다. 오늘은 지금까지 그의 의자에 앉아서 그의 위스키를 마시고, 그의 돈을 받고, 그의 아내와 사랑을 나누었다. 그러니 이제 와서 그의 옷까지 입고 시내를 다닐 필요는 없었다.

지하철역의 플랫폼은 지상으로 올라와 있어서 마치 롱 아일랜드 기차역 정거장 같았다. 소리는 못 들었지만 막 기차 한 대가 지나간 것 같았다. 서쪽으로 가는 플랫폼에서 기다리는 사람은 나 하나였다. 서서히 다른 사람들이 와서 주변에 서서 담배를 피우기 시작했다.

이론적으로는 지상에 있건 지하에 있건 지하철역에서 담배를 피우는 건 불법이다. 지하에 있을 때는 거의 모든 사람이 이 규칙을 준수하면서, 지상에 올라올 때는 사실상 모든 흡연자들이 자유롭게 담배를 피운다. 왜 그런지는 정말 모르겠다. 지하철역은 지상이건 지하건 똑같이 방화 시설이 갖추어져 있고, 양쪽 다 공기가 나쁘기 때문에 담배를 피운다고 해서 공기가 느낄 수 있을 정도로 더 오염되진 않는다. 하지만 한쪽에선 법이 준수되면서, 다른 쪽에선 일상적으로 위반되고(그리고 그걸 시행하는 사람도 없고) 있는데 아무도 그 이유를 설명하지 못한다.

묘한 일이야.

마침내 기차가 도착했다. 사람들이 피우던 담배를 던지고 탔다. 내가 탄 차는 낙서로 장식돼 있었지만 이런저런 별명들과 숫자들로 한정돼 있었다. '우리둘도 사람이다'처럼 상상력이 풍부한 문구는 보이지 않았다.

나는 브로드필드의 아내와 잘 계획이 아니었다.

심지어 그럴 생각조차 안 했던 순간이 있었는데, 또 어느 시점에 가선 그 일이 벌어질 거란 사실을 확실히 알게 된 순간이 있었다. 그런데 그 두 순간 사이의 간격이 무시무시할 정도로 짧았다.

그 일이 왜 일어났는지 정확히 설명하기가 힘들다.

내 타입의 여자를 만나는 건 흔한 일이 아니다. 그런 일은 점점 더 드물게 일어나고 있는데, 나이가 들어가면서 어쩔 수 없이 그렇게 된 일이거나 내가 변해 가면서 그런 건지도 모르겠다. 그런 여자를 어제 만났지만 의식적인, 그리고 무의식적인 여러 가지 이유로 그 여자를 그냥 보냈다. 그런데 이제 그녀와 나 사이에는 어떤 일도 일어날 수 없게 돼 버렸다.

아마도 내 뇌에 있는 어떤 멍청한 세포들이 그런 면에서 날 설득했는지도 모르겠다. 내가 그녀의 거실 소파 위에서 다이애나 브로드필드를 안지 않는다면, 어떤 미친놈이 와서 그녀를 잔인하게 살해할지도 모른다고.

　지하철 안은 따뜻했지만 나는 아직까지 지상의 플랫폼에 서서 찬바람을 맞고 있는 것처럼 몸서리를 쳤다. 지금은 1년 중 가장 아름다운 때지만 가장 슬픈 때이기도 했다. 겨울이 오고 있으니까.

7장

호텔에 오자 더 많은 메시지가 날 기다리고 있었다. 애니타가 다시 전화했고 에디 퀄러가 두 번이나 전화했다. 나는 엘리베이터로 갔다가 다시 돌아와서 공중전화에서 일레인에게 전화했다.

내가 말했다.

"어느 쪽이든 전화한다고 했지. 오늘 밤은 못 갈 거 같아. 내일은 갈 수 있을지도 모르겠어."

"그래요, 매튜. 중요한 일이었나요?"

"아까 이야기했던 거 기억하지? 그거에 대해 당신이 더 알아낼 수 있다면 내가 보답을 할게."

"글쎄요. 그것 때문에 무모한 짓을 하긴 싫어요. 괜히 튀고 싶지 않거든요. 그냥 내 일 하면서 노후 대비해서 한 푼 두 푼 모으면서 살고 싶다고요."

"부동산에 투자하고 있지?"

"그래요. 퀸스에 있는 아파트."

"당신이 집주인이라니 상상하기 힘들어."

"세입자들이 나를 볼 일은 절대 없을 거예요. 관리 회사가 다 처리해 주니까. 내 대신 처리해 주는 담당자가 잘 아는 사람이거든요."

"그렇군. 재미 좀 봤어?"

"꽤 괜찮아요. 나중에 길거리에 나앉은 신세는 안 될 거예요. 절대로."

"뭐 사람들에게 몇 가지 물어보고 푼돈도 챙길 수 있잖아. 당신이 관심 있다면 말이지."

"물어볼 수는 있겠죠. 하지만 내 이름이 거론되는 일은 없게 해 줘야 해요. 알았죠? 뭔가 단서가 될 만한 걸 찾아내 달라는 거 아니에요?"

"그렇지."

"한번 힘써 볼게요."

"그렇게 해 줘, 일레인. 내일 들를게."

"전화 먼저 하고 와요."

나는 2층으로 가서, 신발을 차서 벗고, 침대에 누웠다. 그리고 1~2분 정도 눈을 감고 있었다. 막 잠이 들려고 하던 참에 억지로 일어나 앉았다. 침대 옆 테이블에 놔뒀던 버번 병은 비어 있었다. 그 병은 쓰레기통에 버리고 벽장 선반을 살펴봤다. 아직 따지 않은 짐 빔 병이 날 기다리고 있었다. 나는 병을 따서 술을 조금 마셨다. 와일드 터키처럼 고급은 아니었지만 그럭저럭 괜찮았다.

에디 퀼러가 전화를 달라고 했지만 하루나 이틀 정도 지나서 해도 상관없을 것 같았다. 그가 무슨 용건으로 전화를 했는지 짐작이 갔는데 지금 듣고 싶은 소리는 아니었다.

8시 15분 정도 됐을 때 수화기를 들어서 애니타에게 전화했다.

서로 별로 할 말이 없었다. 그녀는 요즘 이래저래 돈이 많이 들어갔다면서 자기는 치아의 근관 치료를 했고 아이들은 매번 쑥쑥 크는 것 같다면서 돈을 좀 보내 주면 좋겠다고 말했다. 그래서 내가 일 하나를 맡았으니까 아침에 우편환으로 부치겠다고 대답했다.

"그러면 큰 도움이 될 거야, 매튜. 하지만 내가 계속 전화했던 건 아이들이 당신과 이야기하고 싶어서 그랬던 거야."

"그러지 뭐."

나는 마이키와 먼저 통화했다. 마이키는 할 말이 별로 없었다. 학교도 잘 다니고, 다 좋다고 했다. 항상 하는 것처럼 자동적으로 아무 생각 없이 하는 말이었다. 그리고 마이키가 형을 바꿔 줬다.

"아빠? 이번에 보이 스카우트 행사가 있어요. 뉴욕 네츠 팀 대 버지니아 스콰이어스 첫 경기전인데. 아빠랑 아들이랑 보는 프로그램이에요. 보이 스카우트를 통해 표를 사서 모두 같이 앉아서 본대요."

"그런데 너랑 마이키랑 가고 싶단 말이지?"

"갈 수 있을까요? 저랑 마이키랑 둘 다 네츠 팬이잖아요. 그리고 올해에는 네츠가 잘 나갈 것 같아요."

"제니퍼랑 나랑."

"네에?"

"아니다."

"그런데 좀 비싸요."

"얼마인데?"

"1인당 15달러예요. 거기에 밥값이랑 교통비가 포함돼 있어요."

"밥을 안 먹으면 얼마나 더 내야 하는데?"

"네? 그건 저도 잘…… 아하."

아이는 낄낄대면서 웃기 시작했다.

"아빠, 그거 진짜 웃겨요. 마이키에게 말해 줘야지. 아빠가 저녁을 안 먹으면 얼마나 더 내야 하냐고 물어봤다고. 넌 무슨 말인지 모르지? 이러면서. 버스를 안 타면 얼마나 더 내야 할까?"

"바로 그거지."

"분명 저녁은 치킨 알라킹이 나올걸요."

"항상 그거지 뭐. 돈은 상관없어. 그리고 자리가 괜찮으면 그 정도면 나쁘지 않아. 경기가 언제니?"

"다음 주 오늘이에요. 금요일 밤."

"그건 좀 힘들 수도 있겠는데. 일주일밖에 안 남았잖니."

"저도 들은 지 얼마 안 돼서……. 못 가요?"

"나도 모르겠다. 사건을 하나 맡았는데 얼마나 걸릴지 모르겠어. 아니면 중간에 몇 시간 짬을 낼 수도 있고."

"꽤 중요한 사건인가 보죠?"

"내가 도와주려고 하는 사람이 살인 혐의로 기소됐단다."

"그 사람이 범인인가요?"

"아빠는 아니라고 생각하지만, 그걸 증명하는 건 또 다른 문제란다."

"경찰이 수사해서 밝혀낼 수는 없나요?"

'경찰이 그러고 싶지 않을 땐 그럴 수 없지.'라고 나는 생각했다. 내가 말했다.

"경찰은 아빠 친구가 유죄라고 생각해서 더 이상 조사해 보려고 하지 않는단다. 그래서 그 친구가 아빠에게 일을 맡긴 거야."

나는 맥박이 뛰기 시작한 관자놀이를 문질렀다.

"이렇게 하자. 먼저 너희가 가서 예약을 해 봐. 아빠가 엄마에게 내일 돈을 좀 보낼 거야. 그리고 표 값으로 45달러를 따로 보낼게. 아빠가 못 가게 돼서 너희에게 연락하면 너희가 남는 티켓 한 장을 가지고 다른 사람하고 같이 가면 되잖아. 그럼 어때?"

잠시 침묵이 흘렀다.

"사실은 말이죠, 아빠가 갈 수 없으면 잭이 우리를 데려가겠다고 했어요."

"잭?"

"엄마 친구요."

"아."

"하지만 그건 아빠와 아들이 가는 건데, 그 사람은 우리 아빠가 아니잖아요."

"그래. 잠깐만 기다려 봐."

사실 술이 필요한 건 아니었지만, 술을 마신다고 큰일이 날 것 같지도 않았다. 나는 병뚜껑을 따고 말했다.

"잭하고는 사이가 어때?"

"어, 괜찮아요."

"잘됐네. 이렇게 하면 어떨까? 아빠가 갈 수 있으면 너희들을 데리고 갈게. 만약 못 가게 되면 남는 표로 잭이랑 같이 가는 거다. 괜찮니?"

우린 그렇게 하기로 했다.

암스트롱에서 너덧 명의 사람들에게 목례를 했지만 내가 찾고 있던 사람은 보이지 않았다. 나는 항상 앉던 자리에 앉았다. 트리나가 왔을 때 더글라스 퍼맨이 왔다 갔는지 물었다.

"한 시간 전에 왔는데. 와서 맥주 하나 마시고, 수표를 현금으로 바꿔서 내고 갔어요."

"혹시 그 사람 어디 사는지 알아?"

그녀는 고개를 흔들었다.

"근처인 건 알겠는데 정확히 어딘지는 몰라요. 왜요?"

"연락을 할 일이 있어서."

"돈에게 물어볼게요."

하지만 돈도 몰랐다. 나는 콩 수프 한 그릇과 햄버거 하나를 먹었다. 트리나가 커피를 가져와서 내 맞은편에 앉아 작고 뾰족한 턱을 손등에 괴었다.

그녀가 말했다.

"기분이 별로인가 봐요."

내가 대꾸했다.

"항상 그렇지 뭐."

"아니, 분위기가 그렇다고요. 사건 조사 중이거나 아니면 뭔가에 긴장한 것 같아요."

"둘 다일 거야."

"지금 일하고 있어요?"

"응."

"그래서 더글라스 퍼맨을 찾고 있는 건가요? 그 사람 일을 봐 주고 있어요?"

"그 사람 친구 일이지."

"전화번호부는 찾아봤어요?"

나는 집게손가락으로 그녀의 작은 코끝을 살짝 튕기고는 대답했다.

"탐정은 당신이 되어야겠군. 나보다 훨씬 더 잘하겠어."

하지만 더글라스 퍼맨의 이름은 전화번호부에 없었다.

맨해튼 전화번호부에 퍼맨은 스무 명이 넘게 있었고, 퍼먼은 그보다 두 배가 더 많았고, 퍼만과 퍼미스도 몇 명 있었다. 나는 호텔방에 틀어박혀서 모두 확인했고, 그다음에 아래층에 있는 공중전화에 내려가서 전화를 해 보면서 비니에게서 동전을 바꿀 때만 쉬었다. 내 방에서 전화를 걸면 요금이 두 배인 데다 아무 목적도 없이 동전을 낭비하는 건 짜증나는 일이었다. 나는 철자에 상관없이 암스트롱에서 약 3킬로미터 반경에 사는 모든 퍼맨에게 전화를 해 봤다. 작가 친구와 성이 같은 수많은 사람들과 통화를 해 보고 이름이 같은 사람들도 통화를 했지만 퍼맨을 아는 사람도 없었고 결국 무수히 많은 동전을 낭비한 후에야 포기했다.

11시 정도, 아니면 그보다 조금 늦게 암스트롱으로 돌아갔다. 항상 내가 앉는 자리에 간호사 두 명이 앉아 있어서 옆 테이블로 갔다. 퍼맨이 있는지 확인하려고 술집에 있는 손님들을 한번 훑어

보는데 트리나가 종종걸음으로 와서 말했다.

"돌아보지 말아요. 바에 누가 와서 당신에 대해 물어봤어요."

"복화술에 재능이 있는지 몰랐네."

"바에서 세 자리 건너 있는 남자. 덩치가 크고, 모자를 썼는데 아직 그 자리에 있는지 모르겠어요."

"아직 있어."

"아는 사람이에요?"

"여길 관두고 복화술사를 해도 되겠는걸. 아니면 고전 감옥 영화에 출연할 수도 있겠고. 아직 그런 영화를 만든다면 말이야. 저 사람은 당신이 뭐라고 하는지 몰라. 지금 등을 지고 있잖아."

"저 사람이 누군지 알아요?"

"알아. 괜찮아."

"그럼 당신이 왔다고 말할까요?"

"그럴 필요 없어. 지금 여기로 오고 있으니까. 저 사람 뭘 마시는지 알아봐서 새로 한 잔 갖다 줘. 난 항상 마시던 거 주고."

나는 에디 퀼러가 다가와 의자를 뒤로 끌어당겨 앉는 모습을 지켜봤다. 우리는 서로를 조심스럽게 뜯어봤다. 그는 재킷 주머니에서 시가를 한 대 꺼내서 포장을 벗기더니, 주머니를 두드리다가 이쑤시개를 하나 찾아서 시가의 끝부분에 구멍을 냈다. 그리고 오랜 시간을 들여 시가에 불을 붙이면서 불이 골고루 붙었는지 이리저리 돌려봤다.

트리나가 술을 가지고 왔을 때 우리는 여전히 입을 열지 않았다. 에디는 스카치와 물을 섞어서 마셨던 모양이었다. 트리나가 두 개를 섞을 거냐고 묻자 에디가 고개를 끄덕였다. 트리나가 물과 스카치를 섞어서 그의 앞에 놓고 내게는 커피 잔과 버번 더블 샷을 놨다. 나는 버번을 들어서 한 모금 마시고 나머지는 커피 잔에 부었다.

에디가 말했다.

"얼굴 보기 참 힘들군. 메시지를 두 번이나 남겼는데 못 받은 걸 보니 호텔에 안 갔나 봐."

"메시지 받았어."

"그럼 그렇지. 내가 좀 전에 호텔 직원에게 물어보니까 그렇다고 하더군. 그럼 계속 통화 중이었나 보지."

"전화 안 했는데."

"그랬단 말이지?"

"할 일이 좀 많았어, 에디."

"옛 친구에게 전화할 시간은 없다 이거야?"

"내일 아침에 전화하려고 했지."

"그으래."

"어쨌든 내일은 꼭 하려고 했어."

"그래서 오늘 밤은 바쁘시다?"

"그렇지."

에디는 그제야 처음으로 자기 앞에 있는 술을 본 것 같았다. 그는 마치 처음 보는 것처럼 그걸 찬찬히 들여다봤다. 그러더니 오른손에 쥐고 있던 시가를 왼손에 옮기고 오른손으로 잔을 들어 올렸다. 그리고 킁킁 냄새를 맡더니 날 봤다.

그가 말했다.

"내가 마시던 것 같은데."

"트리나에게 자네가 마시던 걸로 한 잔 더 가져오라고 했어."

"뭐 그렇게 사치스러운 술은 아니야. 시그램이지. 몇 년간 계속 이것만 마셨으니까."

"맞아. 자넨 항상 그걸 마셨지."

그는 고개를 끄덕였다.

"물론 내가 하루에 두 잔 이상, 석 잔 마시는 건 흔치 않은 일이지. 두세 잔. 이건 자네가 아침으로 마시는 거잖아, 안 그래?"

"뭐, 나도 그 정도는 아니야, 에디."

"아니야? 그렇다니 기쁘네. 왜 살다 보면 이런저런 말이 들리잖아. 참 그런 말들을 듣다 보면 기가 차다니까."

"상상이 가는군."

"당연히 상상이 가겠지. 어쨌든 뭐를 위해 건배할까? 특별히 하고 싶은 말 있나?"

"딱히 없는데."

"특별하단 말이 나왔으니 말인데, 특별 검사를 위해 건배하는 건 어때? 애브너 프레자니언 씨를 위해 건배하는 건 싫어?"

"좋을 대로 해."

"좋아."

그는 잔을 들어 올렸다.

"프레자니언을 위하여. 그 자식이 지금 당장 급살을 맞아 뒈지기를."

우리는 그 말에 건배했다.

"내가 한 말에 이의 없는 거지?"

나는 어깨를 으쓱했다.

"그래서 자네 기분이 좋다면 상관없지. 난 그 검사에 대해 하나도 모르는걸, 뭐."

"그 개자식을 한 번도 안 만나 봤어?"

"응."

"난 만나 봤어. 느끼하기 짝이 없는 놈이야."

에디는 술을 한 모금 마시고, 진저리를 치며 고개를 흔들더니 잔을 테이블에 내려놨다.

"아, 관두자, 매튜. 우리가 안 지 얼마나 됐지?"

"몇 년 됐지, 에디."

"그런 것 같군. 대체 브로드필드 같은 개새끼랑 뭘 하고 있는 거야? 말 좀 해 봐. 그런 재수 없는 놈이랑 무슨 수작이냐고?"

"그 사람이 날 고용했어."

"뭘 하라고?"

"자기 혐의를 벗겨 줄 증거를 찾아 달라는 거지."

"살인 혐의를 벗겨 줄 방법을 찾아 달라는 거 아니야? 그 자식이 얼마나 나쁜 새끼인지 알기나 해? 대체 알고 있기는 하냐고?"

"상당히 잘 알고 있어."

"그 자식이 우리 경찰 전체에 비수를 꽂으려고 했어. 그런 인간 말종 같은 짓을 하려고 한다고. 그 밥맛없는 검사 놈을 도와서 고위 경찰들의 부패를 폭로하겠다 이거지. 염병할, 난 그 시건방진 새끼가 역겹기 짝이 없어. 지도 해 먹을 만큼 다 해 먹은 새끼가. 내 말은 브로드필드 그 자식은 아예 대놓고 달라고 손을 벌리고 다닌 놈이란 거야, 매튜. 사람들이 주는 뇌물을 넙죽넙죽 받는 것도 모자라서 수금하러 다닌 놈이라고. 그놈은 구린내가 나는 도박장이랑 헤로인 파는 놈들만 귀신처럼 덮치고 다녔다니까. 놈들을 체포하려고 그랬던 게 아니야. 놈들이 돈이 없으면 그때야 경찰서로 연행해 왔지. 하지만 그 자식도 돈 벌자고 한 짓이었어. 경찰 배지는 도둑질을 하기 위한 면허증이나 다름없는 놈이었다고."

"나도 다 알고 있어."

"그걸 아는데도 그 자식을 위해서 일하고 있단 말이야?"

"그 자식이 그 여자를 죽이지 않았다면 어쩔 거야, 에디?"

"그 여자는 그놈 아파트에서 죽어 있었어."

"그런데 자넨 그 자식이 그 여자를 죽여서 거기 놔둘 정도로 멍청하다고 생각한단 말이지?"

"아, 빌어먹을."

그가 시가를 뻑뻑 피우자 시가 끝이 벌겋게 피어올랐다.

"그 자식은 아파트를 나와서 살해 흉기를 버렸어. 뭐로 그 여자를 쳤건 아니면 찔렀건 말이야. 강가로 가서 버렸다고 치자고. 그러고는 어디 가서 맥주를 두어 병 마셨지. 왜냐면 그 자식은 개자식인 데다 살짝 맛이 간 놈이거든. 그리고 시체를 찾으러 집으로 돌아왔어. 어딘가에 시체를 버릴 생각이었지만 경찰이 현장에 와서 놈을 기다리고 있었단 말이지."

"그래서 그자가 경찰 품으로 기어들어 왔다 이거군."

"그래서?"

나는 고개를 저었다.

"그건 말이 안 돼. 그자가 맛이 갔을지는 모르겠지만 멍청한 인간은 아니야. 그런데 자네는 그자가 무뇌아처럼 굴었다고 주장하고 있잖아. 애초에 자네 부하들이 그 아파트를 어떻게 알고 갔지? 신문에 보니까 누군가가 전화로 알려 줬다고 하던데. 그 말이 맞아?"

"맞아."

"익명으로 건 전화?"

"그렇지. 왜?"

"그거야말로 정말 공교롭지 않아? 누가 그걸 알고 경찰에 찔렀을까? 그 여자가 비명을 질렀나? 또 누군가가 그녀가 지른 소리를 들었나? 그 전화는 누가 했을까?"

"그게 뭐가 중요해? 창문으로 그걸 본 목격자가 있겠지. 전화 건 사람이 누구건 간에 이러이러한 아파트에서 여자가 살해됐다고 했어. 그래서 경찰 두 명이 거기로 가 봤더니 머리에 혹이 나고 등에 칼이 찔린 여자가 죽어 있는 걸 발견했지. 그 여자가 거기 있는 걸 전화 건 사람이 어떻게 알았는지 알 게 뭐야?"

"상관이 있지. 예를 들어 그 정보원이 그 여자를 거기다 갖다 놨을 수도 있잖아."

"아, 억지 부리지 마, 매튜."

"구체적인 물증은 하나도 없어. 전무해. 다 정황 증거일 뿐이잖아."

"그만 하면 충분해. 동기도 있고, 기회도 있고, 그 자식의 빌어먹을 아파트에서 시체도 찾았잖아. 뭘 더 원해? 그 자식은 그 여자를 죽일 충분한 이유가 있었다고. 그 여자가 그 자식을 막다른 골목으로 몰아세우니까 죽이고 싶었겠지."

에디는 술을 조금 더 마셨다.

"자넨 한때 끝내주는 경찰이었잖아. 요즘엔 술 때문에 감을 많이 잃은 것 같은데. 아무래도 감당하지 못할 만큼 마시는 거 아닌가?"

"그럴 수도 있지."

"못 살겠다, 진짜."

그는 한숨을 깊이 쉬었다.

"그 자식 돈은 받아도 돼, 매튜. 다 먹고살자고 하는 짓이니까.
그게 어떤 건지 나도 잘 알아. 단지 우리 일에 방해만 하지 마, 알
았지? 그 자식 돈을 받고 잘 이용해 봐. 그 자식도 걸핏하면 그런
짓 하고 돌아다녔잖아. 이번에는 저도 한번 당해 보라고 해."

"그자가 그 여자를 죽인 것 같지 않아."

"돌겠네."

에디는 물고 있던 시가를 빼서 들여다보다가, 이빨로 잘근잘근
씹더니 다시 뻑뻑 피웠다. 그리고 한결 부드러워진 어조로 말했다.

"있지, 매튜. 요즘엔 경찰도 많이 깨끗해졌어. 몇 년 전보다는
훨씬 깨끗해. 예전 관행들은 거의 다 없어졌어. 물론 아직도 거액
을 받아 챙기는 경찰들도 있어. 하지만 상납을 받아서 서 전체에
돌리는 관행은 없어졌단 말이야."

"시내는 그렇다 쳐도 시외도 그럴까?"

"뭐, 시외 쪽 관할 경찰서 중엔 아직도 좀 구린 데가 있겠지. 그
런 데는 원체 깨끗하게 유지되기가 힘들잖아. 자네도 잘 알면서
그래. 거길 제외하면 경찰서는 상당히 깨끗한 편이야."

"그래서?"

"우리도 자체적으로 감시를 게을리하지 않고 있어. 그런데 이
개자식이 우리가 마치 온몸에 똥칠을 하고 다니는 것 같이 보이
게 만들었잖아. 그러면서 저는 정의의 천사가 되고 싶어 하고, 거

기다 또 다른 개자식이 주지사가 되려고 하는 바람에 여러 명의 선량한 동료들이 지금 난처해졌어."

"그래서 자네가 브로드필드를 증오하나 보군."

"맞아, 난 그 쌍놈의 새끼를 증오해."

"하지만 왜 그자를 감옥에 보내고 싶어 하지?"

나는 몸을 앞으로 내밀었다.

"그자는 이미 끝장났잖아, 에디. 완전 끝났다고. 내가 프레자니언 검사 부하랑 이야길 했어. 거기서도 그자는 더 이상 쓸모가 없다는 거야. 내일 당장 혐의가 풀린다 해도 프레자니언은 이제 그자랑 상종도 안 할 거야. 누가 그를 모함했든 자네 관점에서 보면 확실하게 좋난 거라고. 그런데 내가 살인자를 찾겠다는 게 왜 그렇게 못마땅해?"

"우리가 이미 범인을 잡았잖아. 그 자식이 툼스에 들어가 있다고."

"자네가 틀렸다고 한번 가정해 보자고, 에디. 그럼 어떻게 되는 거지?"

그가 날 살벌한 눈빛으로 노려봤다.

"좋아. 내가 틀렸다고 치지. 그 자식이 눈처럼 결백하다고 치자고. 살아오면서 한 번도 나쁜 짓을 한 적이 없다고 가정해 보자. 누군가 이름도 모르는 그 여자를 죽였다고 해 보잔 말이야."

"그 여자 이름은 포샤 카야."

"그래. 그리고 누군가 의도적으로 브로드필드를 모함해서 감옥에 가도록 누명을 씌웠어."

"그래서?"

"그래서 자네가 그 범인을 찾아서 잡겠다는 거잖아?"

"그런데?"

"그런데 그자가 경찰이야. 그렇지 않다면 대체 누가 브로드필드를 모함할 이유가 있겠어?"

"아하."

"그렇지, 아하. 그러면 엄청 보기 좋을 거야, 안 그래?"

에디는 날 향해 턱을 내밀고 있었는데 목의 힘줄이 팽팽하게 당겨졌다. 격노한 그의 눈빛이 이글이글 타오르고 있었다.

"내가 지금 그 일이 사실이라고 주장하는 건 아니야. 왜냐면 내 피 같은 돈을 걸고 장담하는데, 브로드필드 자식은 확실히 유죄거든. 하지만 그 자식이 죄가 없더라도, 누군가 누명을 씌운 거라고 해도, 당해도 싼 그 개자식에게 벌을 주기 위해 경찰이 한 짓이라면 말이야. 그렇다면 아주 꼴좋지 않겠어? 경찰이 여자를 죽여서 경찰 비리 조사를 막기 위해 다른 경찰에게 덮어씌운다, 그것 참 가관이겠군."

나는 그 점에 대해 생각해 봤다.

"만약 그게 정말 사실로 드러난다면, 자넨 그 일이 만천하에 밝혀지는 것보다는 차라리 브로드필드가 저지르지도 않은 죄로 감옥에 가는 걸 보겠다 이거군. 그게 지금 자네가 하는 말이지?"

"빌어먹을."

"그게 지금 자네가 하는 말이냐고, 에디?"

"아, 정말 미치고 팔딱 뛰겠군. 난 차라리 그 자식이 뒈지는 꼴을 보고 싶어, 매튜. 그래야 한다면 그 자식 머리를 내가 날려 버리고 싶다고."

"매튜? 괜찮아요?"

나는 고개를 들어 트리나를 봤다. 그녀는 앞치마를 벗고 팔에 코트를 걸치고 있었다.

"퇴근하는 거야?"

"지금 막 일이 끝났어요. 버번을 너무 많이 드셨어요. 괜찮은지 해서 물어본 거예요."

나는 고개를 끄덕였다.

"같이 이야기하던 남자는 누구였어요?"

"오래된 친구. 경찰이야. 6번 관할 구역의 부서장이지. 빌리지에 있는 경찰서야."

나는 잔을 들었다가 마시지 않고 다시 내려놨다.

"내가 경찰에 있을 때 제일 친한 친구였어. 그렇다고 같이 몰려 다니는 스타일은 아니었지만 잘 지냈지. 물론 세월이 흐르면서 자연스럽게 소원해졌지만."

"용건이 뭐래요?"

"그냥 이야길 좀 하고 싶었던 거지."

"그 사람이 가고 난 후에 기분이 나빠진 것 같던데."

나는 고개를 들어 그녀를 바라봤다. 그리고 말했다.

"문제는, 살인은 다르다는 거야. 인간의 목숨을 앗아가는 건 완전히 차원이 다른 이야기지. 누구도 그런 죄를 지어선 안 되는 거야. 그 누구라도 그런 죄를 짓고 아무 일도 없었다는 듯이 살아가게 놔둘 순 없는 거지."

"무슨 말인지 이해가 안 돼요."

"그 자식이 한 짓이 아니야, 빌어먹을. 그 자식이 안 했다고. 그

자는 무고한데 아무도 신경을 안 써. 에디 퀼러는 신경 안 쓰지. 내가 에디 퀼러를 잘 아는데, 그 친구는 훌륭한 경찰인데도……"

"매튜."

"그런데도 관심이 없어. 에디는 내가 대충대충 적당히 조사를 끝내길 원해. 그 불쌍한 자식이 저지르지도 않은 살인죄로 감옥에 가는 꼴을 보고 싶어서 그런 거지. 그리고 진범은 풀려나길 원하는 거고."

"도대체 무슨 말을 하는지 모르겠어요, 매튜. 있죠, 그 술은 더 이상 마시지 말아요, 네? 더 안 마셔도 되잖아요?"

모든 것이 내게는 아주 분명해 보였다. 대체 왜 트리나가 내 말을 이해하지 못하는지 그게 더 모를 일이었다. 나는 알아듣기 쉽게 설명해 줬다. 적어도 내 생각은 내가 보기에는 크리스털처럼 투명하고 명백했는데.

내가 말했다.

"크리스털처럼 투명해."

"뭐라고요?"

"그자가 원하는 게 뭔지 난 알아. 아무도 모르겠지만 뻔한 거야. 그자가 원하는 게 뭔지 알아, 다이애나?"

"난 다이애나가 아니고 트리나예요, 매튜. 내가 누군지 몰라요?"

"물론 알지. 잠깐 말이 헛나왔어. 그자가 뭘 원하는지 모르겠어, 자기? 그자는 명예를 원하는 거야."

"누가 그렇다는 거예요, 매튜? 아까 당신이랑 이야기하던 그 남자 말인가요?"

"에디?"

난 그 터무니없는 생각에 웃었다.

"에디 퀼러는 명예에는 손톱만큼도 관심 없어. 제리에 대한 이야기야. 친애하는 제리에 대한 이야기라고."

"아하."

트리나는 잔을 쥐고 있던 내 손가락들을 풀어서 잔을 빼냈다.

"금방 돌아올게요. 조금만 기다려요."

그녀가 말했다. 그리고 갔다가 다시 돌아왔다. 그녀가 테이블에서 멀어지는 동안에도 허공에 대고 내가 이야기를 한 것 같기도 하다. 기억이 잘 나지 않는다.

"집에 가요, 매튜. 집까지 데려다 드릴게요, 괜찮죠? 아니면 오늘 밤 우리 집에서 자고 갈래요?"

나는 고개를 흔들었다.

"그럴 순 없지."

"그래도 돼요."

"아냐. 더글라스 퍼맨을 만나야 해. 더글라스를 만나야 할 중요한 일이 있어, 자기."

"전화번호부에서 그 사람 번호 찾았어요?"

"바로 그거야. 책. 그자가 우리 모두를 책에 넣을 수 있지. 그자의 역할이 바로 그거였던 거야."

"무슨 말인지 정말 모르겠네."

나는 짜증이 나서 얼굴을 찡그렸다. 아주 분명히 말하고 있는데 왜 내 의사가 그녀에게 전달되지 않는지 이해가 되지 않았다. 트리나는 아주 영리한 여자이니 분명 이 정도면 이해가 될 텐데.

내가 말했다.

"계산서."

"이미 계산했잖아요, 매튜. 그리고 나에게 팁도 주고. 너무 많이 줬어요. 자, 제발 일어서요. 착하지. 아, 정말 오늘은 힘든 하루였나 봐요, 그죠? 괜찮아요. 당신이 날 매번 일어서게 도와줬으니까, 한 번쯤은 나도 당신을 도와줄 수 있잖아요. 그죠?"

"계산서, 트리나."

"계산했다고 방금 말했잖아요."

"피맨의 수표 말이야."

이제 일어서니 말하기도 더 쉽고, 생각도 더 분명해졌다.

"피맨이 아까 여기서 수표를 현금으로 바꿔 갔다고 했잖아. 그렇게 말했지?"

"그래서요?"

"금전 등록기에 그 수표가 있을 거 아니야?"

"그렇겠죠. 그래서 뭐요? 이봐요, 매튜. 밖에 가서 찬바람을 좀 쐬면 기분이 한결 나아질 거예요."

나는 한 손을 들어 보였다.

"난 괜찮다니까."

나는 그렇게 주장했다.

"금전 등록기에 피맨의 수표가 있을 거야. 돈에게 그거 한번 봐도 되냐고 물어봐."

아직도 트리나가 내 뜻을 알아차리지 못한 기색이라 내가 설명했다.

"피맨의 주소가 있을 거 아니야. 사람들은 수표 뒤에 자기 주소를 인쇄해 놓는다고. 진즉에 그 생각을 했어야 했는데. 가서 좀 봐봐. 응?"

그 수표는 금전등록기에 있었고 거기에 주소도 있었다. 트리나
가 돌아와서 내게 주소를 읽어 줬다. 나는 그녀에게 내 노트와 펜
을 주고 주소를 좀 적어 달라고 했다.

"하지만 지금은 거기 갈 수 없어요, 매튜. 너무 늦었고 당신은
그럴 컨디션도 아니에요."

"너무 늦었고, 난 너무 취했지."

"아침에 가요."

"난 평소에는 이렇게 취하지 않아, 트리나. 하지만 괜찮아."

"물론 괜찮죠. 어서 바람 쐬러 나가요. 봐요? 벌써 기분 좋아졌
잖아요. 잘했어요."

8장

아침엔 힘들게 일어났다. 나는 아스피린을 몇 알 삼키고 아래
층에 있는 레드 플레임에 내려가 커피를 수없이 마셨다. 그러자
좀 나았다. 손이 살짝 떨리고 속이 계속 넘어올 것 같았지만.

술 생각이 간절했다. 하지만 간절한 만큼 마시지 않는 게 좋을
거라는 것도 알고 있었다. 해야 할 일들이 있었고, 가야 할 곳들
이 있었고, 만나 봐야 할 사람들도 있었다. 그래서 커피만 주구장
창 마셨다.

60번가에 있는 우체국에서 1000달러 우편환과 45달러 우편환
을 샀다. 그리고 봉투에 주소를 써서 둘 다 애니타에게 보냈다. 그
리고 모퉁이를 돌아가 9번 대로에 있는 성 바오로 성당으로 갔다.
거기서 15분에서 20분 정도 별 생각 없이 앉아 있었던 것 같다.
나오는 길에 성 안토니우스 조상 앞에 멈춰서 여기 없는 친구들

을 위해 초를 너덧 자루 밝혔다. 하나는 포샤 카를 위해, 그리고 또 하나는 에스트레리타 리베라를 위해, 다른 두어 개는 다른 사람들을 위해 밝혔다. 그리고 헌금함 구멍에 50달러 다섯 장을 넣고 차가운 아침 바람 속으로 나섰다.

나는 교회들과 기이한 관계를 맺고 있는데 사실 나 스스로도 그 점을 완전히 이해하지는 못한다. 이 관계는 내가 57번가에 있는 호텔로 이사하고 나서 얼마 안 돼 시작됐다. 나는 교회에서 시간을 보내기 시작하면서 촛불을 키기 시작하다가 결국엔 십일조를 내기 시작했다. 이 마지막 부분이 가장 묘한 부분이다. 나는 의뢰한 일의 보수를 받으면 제일 먼저 들른 교회에서 갖고 있는 돈의 10퍼센트를 낸다. 교회에서 내가 낸 돈으로 무슨 짓을 하는지는 모르겠다. 아마 절반은 아무 생각 없이 잘 사는 이교도들을 개종시키는 데 쓰고 나머지는 성직자들이 타는 대형차들을 사는 데 쓰는지도 모르겠다. 어쨌든 계속 교회에 헌금하면서 왜 그런지 그 이유를 궁금해했다.

주로 성당에서 내 돈을 챙겼는데 근무 시간이 나와 맞기 때문이었다. 교회보다 성당이 열어 두는 시간이 훨씬 더 길었다. 그렇지 않을 경우에는 차별 없이 골고루 찾아갔다. 브로드필드가 준 첫 번째 보수의 10퍼센트는 포샤 카의 아파트가 있던 동네의 감독 교회인 성 바솔로뮤 교회에 갔고, 이제 두 번째로 받은 보수의 10퍼센트는 성 바오로 성당에 갔다.

그 이유는 하느님만 아시겠지.

* * *

더글라스 퍼맨은 53번가와 54번가 사이에 있는 9번 애비뉴에 살고 있었다. 1층에 있는 철물점 왼편에 주 혹은 월 단위로 가구가 딸린 셋방을 구할 수 있다고 광고하는 표지판이 있었다. 현관에는 우편함도 없었고, 개별적인 초인종도 없었다. 나는 문 옆에 있는 벨을 울리고 헤나로 밝게 염색한 여자가 발을 질질 끌면서 나와서 문을 열 때까지 기다렸다.

여자가 말했다.

"빈 방 없어. 저기 밑으로 세 집 건너가 보면 방이 하나 있을지도 모르지."

나는 그 여자에게 더글라스 퍼맨을 찾는다고 말했다.

여자가 물었다.

"4층 첫 집인데, 약속은 했어?"

"네."

물론 약속 같은 건 하지 않았다.

"그 양반이 보통 늦잠을 자서. 올라가 봐."

나는 3층까지 올라가면서 세입자들처럼 퇴락해 버린 이 건물의 쿰쿰한 냄새를 헤치고 갔다. 퍼맨이 이런 곳에 사는 게 놀라웠다. 헬스 키친의 허름한 셋집에 사는 사람들은 대개 수표에 자기 주소를 남기지 않는다. 그리고 대개는 당좌 예금 구좌도 없다.

나는 그의 집 문 앞에 섰다. 라디오 소리가 흘러 나왔고, 빠르게 탁탁 치는 타자 소리가 들렸고, 이어서 라디오 소리만 들렸다. 내가 문을 두드렸다. 의자가 뒤로 끌리는 소리가 들렸고, 이어서 퍼맨이 누구냐고 묻는 소리가 흘러나왔다.

"스커더야."

"매튜? 잠깐 기다려."

좀 있자 문이 열리고 퍼맨이 활짝 미소를 지으며 날 맞아 줬다.

"들어와. 맙소사, 안색이 안 좋은데. 감기 걸렸나?"

퍼맨이 물었다.

"힘든 밤을 보냈지."

"커피 좀 마실래? 인스턴트커피는 타 줄 수 있는데. 그건 그렇고 난 어떻게 찾았어? 그건 직업상 비밀인가? 탐정들은 사람을 잘 찾아야 하긴 하겠지만."

그는 분주하게 돌아다니면서 전기 찻주전자의 플러그를 꼽고, 인스턴트커피를 흰 사기 잔 두 개에 담았다. 그는 계속 이야기를 이어 갔지만 난 듣지 않고 그가 사는 곳을 둘러보느라 바빴다.

이 집은 내 예상과는 완전 딴판이었다. 단칸방이었지만 꽤 커서 면적은 40여 제곱미터 정도 돼 보였고, 창문 두 개로 9번 애비뉴가 내다보였다. 놀라운 건 이 방과 이 방이 있는 건물과의 극명한 대조였다. 우중충하게 퇴락해 가는 아파트 분위기는 퍼맨의 문지방에서 멈췄다.

퍼맨은 바닥에 양탄자를 깔았는데 진짜 페르시아 양탄자이거나 아니면 아주 감쪽같은 모조품 같아 보였다. 벽에는 바닥부터 천장까지 짜 맞춘 책장들이 들어서 있었다. 창문 앞에는 약 3.5미터 길이의 책상이 차지하고 있었다. 그것 역시 짜서 맞춘 것이었다. 심지어는 벽에 바른 페인트도 독특했고, 벽지(책장에 가려지지 않은 부분)도 짙은 아이보리색으로 눈에 띄었는데 테두리는 반짝

거리는 흰색 에나멜로 색깔이 달랐다.

퍼맨은 두꺼운 안경알 안쪽의 눈동자를 이리저리 굴리며 내가 방을 둘러보는 광경을 지켜봤다.

"다른 사람들도 똑같은 반응을 보이지. 이 아파트의 추레한 계단을 올라오다 보면 심란해지잖아. 그러다 내 작은 피난처로 들어오면 가히 충격적이라고 할 수 있지."

물이 끓어서 주전자에서 삑삑 소리가 나자 그는 커피를 탔다.

"이런 식으로 여기를 꾸미려고 계획한 건 아니네. 십몇 년 전에 여길 세냈는데 그때는 여기 밖에 갈 수 있는 곳이 없었거든. 당시 한 주에 14달러를 방세로 냈지. 지금 와서 하는 말이지만 그거 내기도 힘들 때가 있었어."

그는 커피를 저어서 내게 한 잔을 건넸다.

"그러다 그럭저럭 생활은 꾸려 가게 됐지만, 그래도 이사 가기엔 좀 망설여졌어. 여기가 맘에 들었거든. 모처럼 사람들하고 어울려 산다는 그런 느낌이 좋았다고 해야 하나. 여기 이름도 마음에 들었지. 헬스 키친. 작가가 될 거라면, 여기보다 더 어울리는 곳이 있겠어? 게다가 괜히 큰 집에 이사 가서 집세 때문에 고생하고 싶지도 않았고. 대필 작업도 여러 건 의뢰가 들어왔고, 내 일에 대해 아는 잡지 편집자들과도 꽤 인맥을 쌓았지만, 그래도 그것 자체로는 안정적이라고 할 수 없었네. 매달 큰돈이 나가는 곳에 살고 싶지 않았어. 그래서 여길 고쳐서 그럭저럭 살 만한 곳으로 개조하기로 했지. 한 번에 조금씩 고쳤어. 제일 먼저 집에 도난 경비 시스템을 설치했지. 마약 중독자가 우리 집 문을 차고 들어와서 타자기를 뜯어 갈까 봐 정말 두려웠거든. 그다음에는 골

판지 상자에 책을 쌓아 두는 데 진력이 나서 책장들을 설치했고. 그다음에 책상, 그다음에 조지 워싱턴이 잤을 것 같은 고물 침대를 없앴어. 새로 좁게 자면 여덟 명도 잘 수 있는 플랫폼 침대(매트리스를 고정하기 위해 주위로 단단한 프레임이 설치되어 있는 침대 —옮긴이)를 들여 놓고 그렇게 조금씩 기틀이 잡혀 갔지. 마음에 들어. 절대 이사는 안 갈 것 같아."

"자네에게 잘 어울리는군."

그가 열성적으로 고개를 끄덕였다.

"그래, 그런 것 같아. 2년 전에 갑자기 이 집에서 쫓겨날 수도 있다는 생각이 들기 시작했어. 여기다 들인 돈이 얼만데 집세를 올리면 어떻게 하지? 그때까지 계속 매주 집세를 내고 있었거든. 집세가 올라서 20달러 정도 했지만, 그러다 갑자기 한 주에 100달러 정도로 올리면 어떡해? 대체 집주인들이 무슨 짓을 할지 누가 알겠어? 그래서 한 달에 125달러씩 내고 거기다 현금으로 500달러를 얹어 주겠다고 제안했지. 그 조건으로 30년간 임대하자고 말이야."

"그랬는데 집주인이 그렇게 하자고 했단 말인가?"

"9번 애비뉴에 있는 셋방을 30년간 임대한 사람 이야기를 들어 본 적이 있나? 집주인은 이런 멍청이가 있나 하고 생각했겠지."

그는 껄껄거리고 웃었다.

"거기다 그 사람들은 1주에 20달러 이상 방세로 받아 본 적이 없는데 내가 30달러를 더 주고 거기다 현금까지 웃돈으로 얹어서 준다고 했잖아. 그래서 곧바로 계약서를 써 가지고 왔기에 내가 서명했지. 이 지역에서 이 정도 크기의 스튜디오 아파트 임대료가 얼마인지 알아?"

"요즘? 250에서 300 정도?"

"300은 거뜬히 받아. 그런데 난 아직도 125달러를 내고 있어. 2~3년만 지나면 이곳은 한 달에 500달러는 될 거고, 인플레이션이 치솟으면 1000달러까지 내야 할지도 몰라. 그런데도 난 아직도 125달러를 내고 있다 이 말이야. 여기 땅이란 땅은 다 사들이는 사람이 있어. 언젠가는 여기 건물들도 볼링공처럼 무너뜨리기 시작하겠지. 하지만 그 사람들은 내 임대 계약서를 사들이든가 아니면 1998년까지 기다려야 해. 내 임대 계약이 그때 끝나니까. 끝내주지?"

"잘한 거래군, 더글라스."

"내가 살아오면서 유일하게 머리 쓴 일이지, 매튜. 굳이 그렇게 머리를 쓰려고 한 것도 아니었어. 그냥 여기서 사는 게 편했고, 이사 가는 건 질색이어서 그랬던 거지."

나는 커피를 한 모금 마셨다. 아침에 마셨던 커피보다 더 끔찍하진 않았다. 내가 이야기를 시작했다.

"자네와 브로드필드는 어쩌다 그렇게 친해진 건가?"

"아, 그것 때문에 왔을 줄 알았어. 그 친구 미친 거 아니야? 왜 그 여자를 죽였을까? 그래 봤자 아무 의미도 없는데."

"나도 알아."

"성격이 차분해 보였는데. 덩치가 산만 한 사람이 성질을 다스리지 못하면 남들에게 큰 피해를 입힐 수 있지. 나 같은 타입은 성질이 급해도 사고를 칠 만한 주제도 못 되는 인간이지만, 브로드필드는 좀……. 아마 열 받은 김에 그 여자를 죽였나 봐?"

나는 고개를 저었다.

"누군가 그 여자의 머리를 친 뒤 칼로 찔렀어. 그런 짓을 충동적으로 하진 않지."

"브로드필드가 범인이 아니라고 생각하나 보군."

"그가 아니라고 확신해."

"맙소사, 자네 말이 맞길 빌어야겠군."

나는 그를 빤히 바라봤다. 커다란 이마와 두꺼운 안경 때문에 지능이 높은 곤충 같아 보였다. 내가 말했다.

"더글라스, 브로드필드를 어떻게 알았지?"

"전에 기사를 쓰다 만났어. 쓰기 전에 경찰들과 만나 조사를 좀 해야 했는데, 그중 하나가 브로드필드였어. 우린 꽤 죽이 잘 맞았지."

"그때가 언제였지?"

"한 4~5년 전이었지. 왜?"

"둘이 그냥 친구다 이건가? 그래서 브로드필드가 위기에 처했을 때 자네에게 의지하기로 한 거고?"

"뭐, 브로드필드에게 친구가 많았던 것 같지는 않아, 매튜. 그리고 그때 당시에 의지할 만한 경찰 친구는 하나도 없었고 말이야. 브로드필드가 전에 경찰들은 민간인과는 친하지 않다고 말한 적이 있어."

그건 사실이었다. 하지만 브로드필드는 경찰 내에서도 친구가 별로 없는 것 같았다.

"애초에 그는 왜 프레자니언을 찾아간 건가?"

"그건 나에게 묻지 말고, 브로드필드에게 물어야지."

"하지만 자네도 그 이유를 알고 있잖아."

"매튜……."

"브로드필드는 책을 쓰고 싶어 했어, 그렇지 않나? 유명 인사가 될 만한 베스트셀러를 쓸 건데 자네가 그 책을 써 주길 원한 거지. 책이 뜨면 텔레비전 토크쇼란 쇼엔 다 나와서 그 매력적인 미소를 날리고, 거물들과 말을 트고 지내는 사이가 되고 싶었겠지. 그래서 자네가 이 일에 끼어든 거야. 그렇지 않다면 자네가 엮일 이유가 없겠지. 그게 브로드필드가 특별 검사 사무실에 찾아간 이유겠지."

더글라스는 날 외면했다.

"브로드필드는 비밀로 하고 싶어 했어, 매튜."

"당연하지. 유명해지고 나서 우연히 책을 쓴 것처럼 보이고 싶을 테니까. 대중의 요구에 부응한다는 평계로 말이야."

"그건 정말 대박감이었어. 특별 검사 수사에 참여했던 그의 역할뿐 아니라 그의 일생 자체가. 브로드필드는 내가 지금까지 들어 본 중 가장 흥미진진한 일들을 말해 줬어. 녹음하고 싶었지만 브로드필드가 안 된다고 했지. 그래서 지금 기록에 남은 건 하나도 없어. 그가 그 여자를 죽였단 말을 들었을 때 내가 뜰 수 있는 기회 역시 물 건너갔다는 걸 알았어. 하지만 브로드필드가 정말 무고하다면……."

"책을 쓴다는 생각은 대체 어떻게 한 거야?"

그는 잠깐 주저하다가 어깨를 으쓱했다.

"어차피 알려면 다 아는 게 좋겠지. 자연스러운 생각 아닌가? 요즘엔 경찰들이 쓴 책이 인기잖아. 하지만 혼자서는 그런 생각을 못 해냈을 수도 있지."

"포샤 카군."

"맞아."

"포샤가 제안한 건가? 아니, 그건 앞뒤가 안 맞는데."

"포샤 본인이 책을 쓰고 싶어 했어."

나는 컵을 내려놓고 창가로 걸어갔다.

"어떤 종류의 책을?"

"나도 몰라. 『행복한 창녀』(콜걸 출신인 자비에라 홀랜드가 경험담을 쓴 책 — 옮긴이) 같은 책이겠지. 그게 뭐 중요한가?"

"하디스티."

"뭐라고?"

"내 장담하는데, 브로드필드가 하디스티에게 간 이유가 그래서였군."

그는 의아한 눈길로 날 바라봤다.

"녹스 하디스티. 지방 검사야. 브로드필드는 특별 검사에게 가기 전에 하디스티에게 먼저 갔어. 그래서 왜 그랬냐고 물어봤더니 그냥 둘러대더군. 내가 보기엔 특별 검사에게 가는 게 이치에 맞았는데 말이야. 경찰 부패는 연방 검사가 손을 댈 영역이 아니었거든."

"그래서?"

"브로드필드도 그걸 알고 있었을 텐데. 그런데도 하디스티를 찾아간 건 뭔가 연줄이 있으니까 찾아간 것일 테고. 아마 책을 쓴다는 아이디어는 포샤에게서 얻어냈을 것 같군. 하디스티도 포샤를 통해 알아낸 것 같아."

"포샤는 녹스 하디스티와 무슨 관계인데?"

나는 그거야말로 좋은 질문이라고 대답했다.

9장

하디스티의 사무실은 뉴욕 법무부 소속 건물들이 몰려 있는, 맨해튼 26번지 페더럴 플라자에 있었다. 거기서 두 블록만 가면 애브너 프레자니언의 사무실이 나온다. 브로드필드가 하루에 두 검사를 모두 찾아간 건 아닌지 궁금했다.

난 하디스티가 법정에 출두하거나 출장을 갔는지 확인하기 위해 먼저 전화를 해 봤다. 둘 다 아니었지만 오늘은 위염 때문에 출근하지 않았다고 비서가 전해서 시내로 나갈 수고를 덜 수 있었다. 그의 주소와 전화번호를 물었지만, 비서는 그런 신상 정보는 알려 줄 수 없다고 말했다.

전화번호부 회사는 내 요청을 거부하지 않았다. 그의 번호가 등록돼 있었다. 녹스 하디스티, 이스트 엔드 애비뉴 114번지. 그리고 교환번호가 4번인 전화번호가 나와 있었다. 그 번호로 전화를 걸자 하디스티가 연결됐다. 목소리를 들으니 위엄이라기보다는 숙취를 점잖게 표현한 것 같았다. 나는 그에게 내 소개를 하고 만남을 요청했다. 그는 몸이 안 좋다면서 얼버무리기 시작했고, 내가 써먹을 수 있는 유일하게 괜찮은 카드는 포샤 카의 이름뿐이었다. 그래서 그 패를 사용했다.

그에게서 내가 어떤 반응을 기대했는지 모르겠지만 예상 외의 반응이 나왔다.

"불쌍한 포샤. 참 비극적인 일이에요. 당신은 포샤 친구인가 봐요, 스커더? 어서 만나 보고 싶군요. 혹시 오늘 시간이 되나요? 아, 된다고요? 잘됐네요. 아주 잘됐어. 여기 주소는 알고 계시죠?"

나는 거기로 가는 택시에서 대충 사정을 짐작했다. 왠지 이유는 잘 모르겠지만 난 당연히 하디스티가 포샤의 고객 중 하나일 거라고 생각하고 있었다. 그래서 발레복을 입고 폴짝폴짝 뛰어다니는 그를 포샤가 채찍질하는 모습을 상상했다. 정치적 야망이 있고 관직에 있는 사람이라면 낯선 사람으로부터 자신의 다소 변태적인 성행위에 대한 질문을 받는 걸 꺼려 할 것이다. 그래서 포샤를 거론하면 즉각적으로 그녀를 모른 척하거나 적어도 날 피하려고 할 거라고 예상했는데. 대신 아주 열렬한 환영을 받은 것이다.

그러니까 내가 잘못 짚은 것이다. 포샤의 저명한 고객 명단에 녹스 하디스티는 없었다. 둘은 분명 직업적인 관계로 만났겠지만 포샤의 직업이 아니라 녹스의 직업에 관련된 일이었을 것이다.

그렇게 해야만 상황이 맞아떨어졌다. 그래야만 책을 쓰겠다는 포샤의 야심도 설명이 되고, 그쪽으로 진출해 보려는 브로드필드의 야망도 납득이 갔다.

하디스티가 사는 건물은 전전(戰前)에 지은, 전면이 석재로 된 건물로 14층이었다. 아르데코풍의 로비에 천장이 높았고 검은 대리석을 여기저기에 많이 써서 실내 장식을 했다. 수위는 적갈색 머리에, 수위들이 흔히 기르는 콧수염을 길렀다. 그는 내가 약속된 손님이라는 걸 확인하고 엘리베이터 기사에게 인도했다. 그 흑인은 극히 왜소한 남자로 키가 작아서 맨 위층 버튼이 간신히 손에 닿았다. 하디스티가 펜트하우스에 살기 때문에 그는 손을 힘겹게 위로 뻗어서 눌러야 했다.

펜트하우스는 인상적이었다. 천장은 높고 바닥에는 호화로운 카펫이 깔려 있었다. 벽난로들이 여러 개 보였고 동양 골동품들도 있었다. 자메이카 출신 가정부가 하디스티가 기다리고 있는 서재로 날 안내했다. 그는 일어서서 책상 뒤에서 걸어 나와 손을 내밀었다. 악수를 하고 그가 내게 의자를 향해 손을 흔들어 보였다.

"뭐 좀 마시겠어요? 커피? 난 빌어먹을 위궤양 때문에 우유를 마시고 있어요. 위염에 걸리면 궤양이 훨씬 심해져서. 뭘 마시겠어요, 스커더?"

"번거롭지 않으시다면 커피로 하겠습니다. 블랙으로."

하디스티는 가정부가 우리의 대화를 못 알아들은 것처럼 내 말을 되풀이했다. 그녀는 거울처럼 반짝거리는 쟁반에 은제 커피 포트와 본차이나 컵과 찻잔과 은제 크림병과 설탕 세트와 스푼을 하나 가지고 곧바로 돌아왔다. 나는 커피를 한 잔 부어서 한 모금 마셨다.

"포샤를 아신다고요."

하디스티가 말했다. 그는 우유를 좀 마시고, 잔을 내려놨다. 그는 키가 크고 마른 체형에 관자놀이 주위의 머리카락이 근사하게 세어 가고 있었고, 여름에 태운 구릿빛 피부 톤이 아직 남아 있었다. 나는 브로드필드와 포샤가 아주 매력적인 한 쌍이었을 거라 생각하며 그 모습을 상상해 본 적이 있었다. 하지만 녹스 하디스티의 품에 안긴 포샤의 모습도 근사했을 듯했다.

내가 대답했다.

"잘 알지는 못했지만, 알긴 알았죠."

"그렇군요. 저기 하시는 일이 뭔지 안 물어본 거 같은데요, 스커더."

"사립 탐정입니다."

"아, 아주 흥미롭군요. 흥미로워요. 그런데 커피 맛은 괜찮으십니까?"

"지금까지 마셔 본 중 최고인데요."

하디스티는 저도 모르게 싱긋 웃었다.

"아내가 커피에 까탈을 부려서 말이죠. 난 커피를 별로 좋아하지도 않는 데다, 위궤양 때문에 우유를 마셔 버릇해서 말이죠. 관심 있으면 그 브랜드 이름이 뭔지 알아봐 줄 수 있는데."

"전 호텔에 삽니다, 하디스티 씨. 커피를 마시고 싶으면 모퉁이만 돌아가면 나와요. 하지만 호의는 감사합니다."

"언제든 괜찮은 커피가 마시고 싶으면 찾아와도 좋습니다."

그는 내게 아주 관대한 미소를 지어 보였다. 녹스 하디스티는 뉴욕의 남부 지구 지방 검사 월급만 가지고 살지 않는다. 그것 가지고는 집세도 감당 못할 것이다. 그렇다고 그가 뇌물을 받고 다

닌다는 뜻은 아니다. 하디스티의 조부는 US스틸이 인수하기 전에 하디스티 철강 회사를 가지고 있었다. 그리고 해운업으로 유서 깊은 뉴잉글랜드 녹스 가문 후손이었다. 그러니 녹스 하디스티는 마음껏 써도 우유 값 정도는 걱정 안 해도 될 만큼 부유했다.

"당신은 사립 탐정인 데다 포샤와 친분도 있으니 날 많이 도와주실 수 있겠군요, 스커더."

"전 오히려 그 반대로 생각하고 있었는데요."

"뭐라고요?"

그의 표정이 변하면서 순간적으로 등을 꼿꼿이 세우고 앉는 폼이 마치 뭔가 아주 불쾌한 냄새를 맡은 것 같아 보였다. 내 말이 협박의 전조처럼 들렸던 것 같다.

"전 이미 의뢰인이 있습니다. 그래서 검사님에게 정보를 제공하거나 팔려고 온 게 아니라 뭘 좀 알아보려고 왔습니다. 협박하려고 온 게 아닙니다, 검사님. 그런 인상은 주고 싶지 않습니다."

"의뢰인이 있다고요?"

나는 고개를 끄덕였다. 비록 의도하지 않았지만 내가 그런 인상을 풍겼다는 건 기뻤다. 그는 아주 분명하게 반응했다. 내가 협박을 하려 했다면 그는 나를 절대 상대하지 않으려 했을 것이다. 그렇다면 이 사람은 협박당할까 봐 두려워할 이유가 없다는 뜻이다. 포샤와의 관계가 어떤 관계이든, 양심의 가책을 받을 만한 것은 아니었다는 것이지.

"제 의뢰인은 제리 브로드필드입니다."

"포샤 카 양을 살해한 범인 말이군요."

"경찰은 그렇게 생각합니다, 하디스티 검사님. 하지만 검사님도 그들이 그렇게 생각하리라 예상하시죠?"

"좋은 지적이네요. 내가 알기로 그 사람은 사실상 현행범으로 잡혔다고 하던데요, 그 사건 맞습니까?"

나는 고개를 저었다.

"재미있군요. 그런데 당신이 알고 싶은 건……."

"전 카 양을 살해하고 제 의뢰인에게 누명을 씌운 범인이 누군지 알고 싶습니다."

그는 고개를 끄덕였다.

"하지만 그런 목적이라면 내가 어떻게 도울 수 있을지 모르겠네요, 스커더 씨."

'스커더'에서 '스커더 씨'로 승진했군.

내가 말했다.

"포샤 카는 어떻게 알게 되셨습니까?"

"나 같은 일을 하려면 다양한 사람들을 알아야 하죠. 종종 보통 사람들이 어울리기 싫어하는 사람들이 최고의 정보원이 될 수도 있죠. 당신도 그런 경험을 해 봤을 것 같은데요. 수사라는 게 어느 정도는 다 비슷하잖아요?"

그는 우아하게 미소를 지어 보였다. 그가 자신이 하는 일과 내가 하는 일이 비슷하다고 말한 것은 사실 내 일을 치켜세워 줬다고 볼 수도 있을 것이다.

"카 양은 만나기 전부터 알고 있었습니다."

그는 계속해서 이야기를 이어 갔다.

"우리가 하는 일에 고급 매춘부들은 큰 도움이 될 수 있죠. 카 양이 상당히 몸값이 높은 데다 그녀의 고객들은 주로, 말하자면

일반적이지 않은 형태의 섹스에 관심이 있다는 정보를 들었죠."

"마조히스트들을 전문으로 받았다고 하던데요."

"그렇죠."

그는 얼굴을 찡그렸다. 내가 좀 더 완곡하게 표현했음 싶은 표정이었다.

"영국적인 특징이죠. 이른바 영국적인 악덕이라고 할까. 그런 면에서 미국의 마조히스트들은 영국 출신 정부를 더 매력적으로 생각하더군요. 어쨌든 카 양이 그렇게 말해 줬습니다. 그거 아십니까? 미국에서 태어난 매춘부들이 그런 고객들을 만족시키기 위해 종종 영국식이나 독일식 억양을 흉내 낸다는 사실? 카 양은 그런 게 흔한 일이라고 하더군요. 특히 유대인 고객들은 독일식 억양을 구사하는 매춘부를 선호한다던데, 정말 흥미롭지 않습니까?"

나는 커피를 다 마셨다.

"카 양의 영국식 억양이 진짜라는 점에 내 관심이 더 커졌죠. 그녀는 내 입장에서 볼 때 상당히 무력한 입장이니까. 내 말이 무슨 말인지 알죠?"

"외국인이니 추방될 수 있다는 말이겠죠."

그는 고개를 끄덕였다.

"우린 이민 및 귀화국 친구들과 돈독한 관계를 유지하고 있습니다. 그렇다고 꼭 협박한 대로 행동에 옮길 필요는 없죠. 고객의 비밀을 누설하지 않는다는 매춘부의 전통적인 관례는 그들에게 순정이 있다는 말만큼이나 낭만적인 거짓말에 지나지 않으니까요. 추방하겠다고 협박만 해도 그들은 즉각 전적으로 협조하게 돼 있습니다."

"카 양도 그런 경우입니까?"

"그렇습니다. 사실 카 양은 상당히 열성적으로 우리를 도왔죠. 내 생각에 그녀는 잠자리에서 정보를 캐내서 내게 전달하는 마타 하리 같은 역할에 스릴을 느꼈던 것 같았습니다. 그렇다고 카 양이 특급 정보를 줬던 건 아닙니다. 하지만 내 수사에 도움이 되는, 장래성 있는 정보원으로 커 가던 참이었습니다."

"특별히 진행하시던 수사가 있었나요?"

그는 잠시 망설였다.

"구체적인 건 없습니다. 단지 그녀가 내게 도움이 될 수 있을 거라는 건 알 수 있었습니다."

나는 커피를 좀 더 마셨다. 적어도 하디스티는 내 고객이 얼마나 알고 있었는지 밝혀낼 수 있도록 도와주고 있었다. 브로드필드가 내게 속내를 드러내지 않으려 하고 있으니, 간접적으로라도 이렇게 정보를 확보해야 했다. 하지만 하디스티는 브로드필드가 내게 뭔가 숨기고 있다는 걸 모르고 있었다. 그러니 내가 그에게서 안 사실이라고 주장해도 아무것도 부인할 수 없을 것이다.

내가 말했다.

"그래서 카 양이 열성적으로 협조했군요."

"네, 대단했죠."

그는 그때를 회상하며 싱긋 웃었다.

"그녀는 아주 매력적인 여자였어요. 잘 아시겠지만. 그리고 매춘부로서의 삶과 내 수사를 도왔던 자신의 경험에 대해 책을 쓸 생각을 하고 있었죠. 내 생각에 그『행복한 창녀』란 책을 쓴 여자가 그녀에게 영감을 줬던 모양이에요. 물론 그 작가는 전적이 있어서 입국이 허락되지 않았지만, 카 양이 정말 책을 쓸 거란 생각은 안 했습니다. 당신은 그런 생각이 드나요?"

"저도 모르겠습니다. 이제는 영원히 쓸 수 없게 됐죠."

"그렇죠. 물론 이제는 못 쓰게 됐죠."

"하지만 제리 브로드필드는 쓸지도 모릅니다. 검사님이 경찰 부패에 관심이 없다고 했을 때 브로드필드가 크게 실망했나요?"

"그런 식으로 표현해도 될지 모르겠군요."

그렇게 말한 하디스티가 갑자기 얼굴을 찡그렸다.

"그 사람이 그래서 날 찾아온 겁니까? 맙소사. 책을 쓰고 싶다는 이유로?"

그는 어처구니없단 표정으로 고개를 절레절레 흔들었다.

"정말 사람이란 알다가도 모르겠어요. 나도 그자가 의협심에 불타는 척하던 게 다 연기란 건 알고 있습니다. 그래서 더더욱 그자와 가까이 하지 않아야겠다는 결심이 섰죠. 그자가 가져온 정보도 건드리고 싶지 않았고. 그자를 믿을 수도 없었고, 내 수사에 도움보다는 해가 될 거란 느낌이 들었어요. 그래서 그자가 그 특별 검사 친구를 만나러 갔군요."

그 특별 검사 친구. 녹스 하디스티가 애브너 프레자니언을 어떻게 생각하는지 쉽게 알 수 있었다.

내가 말했다.

"그 친구가 특별 검사를 찾아간 게 신경 쓰이셨나요?"

"내가 그런 일에 왜 신경을 쓰겠어요?"

나는 어깨를 으쓱했다.

"특별 검사가 언론의 주목을 많이 받기 시작했으니까요. 신문에 근사하게 나왔잖습니까."

"그 친구가 원하는 게 유명세라면 그러겠죠. 하지만 지금은 그것 때문에 오히려 곤혹스러워진 것 같던데요. 안 그렇습니까?"

"그걸 보고 기분이 좋으셨겠습니다."

"내 판단이 옳았다는 건 입증됐지만 그것 말고 기분 좋을 게 또 뭐가 있겠습니까?"

"검사님과 프레자니언은 라이벌이 아닙니까?"

"아, 그렇게 말하긴 힘들죠."

"그래요? 전 그런 줄로 알고 있는데. 그래서 포샤 카를 시켜서 브로드필드를 갈취죄로 고소하게 하지 않으셨나요?"

"뭐라고요!"

"그렇지 않다면 왜 그렇게 하셨을까요?"

나는 일부러 그를 몰아세우는 게 아니라 우리 둘 다 다 아는 사실이지 않으냐는 식으로 아무렇지도 않게 말했다.

"일단 포샤 카가 브로드필드에 대해 고소를 한 이상 그의 평판은 땅에 떨어졌고, 프레자니언은 더 이상 언론에 거론될 수 없게 됐죠. 그리고 애초에 브로드필드와 손을 잡은 걸로 사람 하나 제대로 못 보는 무능한 인간으로 보이게 됐고."

하디스티의 할아버지나 증조부라면 이런 상황에서 자제력을 잃었을지도 모르겠다. 하지만 하디스티는 여러 세대에 걸쳐 훌륭한 가정 교육을 받았기 때문에 거의 완벽하게 평정을 유지했다. 순간 허리를 쭉 폈는데, 감정을 드러낸 거라면 그게 전부였다.

그가 말했다.

"어디서 틀린 정보를 들었군요."

"포샤는 고소할 생각이 없었습니다."

"내 생각도 아니었습니다."

"그렇다면 왜 그녀가 그제 정오 무렵에 검사님에게 전화를 건 겁니까? 아마 검사님에게 조언을 듣고 싶었겠죠. 그래서 검사님이 그녀에게 그 고소 내용이 진실인 것처럼 계속 연기하라고 말했잖습니까. 그녀가 왜 검사님에게 전화했죠? 그리고 왜 그렇게 하라고 말한 겁니까?"

이번에는 분개한 기색은 보이지 않았다. 다만 그는 우유 잔을 들었다가 입도 대지 않은 채 다시 내려놓고, 서진과 편지 개봉용 칼을 가지고 만지작거리면서 시간을 조금 끌었다. 그러다 날 보더니 포샤가 자기에게 전화한 걸 어떻게 알았냐고 물었다.

"저도 거기 있었습니다."

"당신이?"

그의 눈이 휘둥그레 커졌다.

"당신이 바로 포샤와 만나자고 했던 바로 그 남자군요. 하지만 난…… 그럼 그 살인 사건이 일어나기 전부터 당신은 브로드필드를 위해 일하고 있었군요."

"맞습니다."

"맙소사. 난 그자가 살인 혐의로 체포된 후에 당신을 고용했다고 생각하고 있었어요. 흠, 카 양이 불안해했던 게 바로 당신 때문이었군요. 하지만 난 그녀가 당신을 만나기 전에 통화했어요. 우리가 통화했을 때 그녀는 당신 이름도 몰랐어요. 어떻게 알았나요? 카 양이 말했을 리는 절대 없고…… 아, 맙소사. 그냥 한번 떠

본 거군요, 그렇죠?"

"경험에서 우러난 추측이라고 해 두죠."

"허세를 부린 것 같은데. 어쨌든 당신과는 포커를 치면 안 될 것 같군요, 스커더 씨. 그래요, 카 양이 내게 전화했어요. 다 들통 난 마당에 인정하는 게 좋겠군요. 그게 사실이 아니란 걸 알고 있었지만 고소 내용이 사실인 것처럼 주장하라고 했어요. 하지만 애초에 고소하라고 시킨 건 내가 아니에요."

"그럼 누가 했죠?"

"어떤 경찰들입니다. 난 그 사람들 이름도 몰라요. 카 양도 알 았을 것 같지 않아요. 그녀는 모른다고 했는데 솔직히 정말 몰랐을 겁니다. 카 양은 고소를 하고 싶지 않았어요. 내가 그 일에서 그녀를 빼낼 수만 있었다면, 그녀는 뭐든 했을 겁니다."

그는 미소를 지었다.

"당신은 내가 프레자니언 씨 수사에 찬물을 끼얹을 이유가 있다고 생각했군요. 그 친구가 얼굴에 계란 세례를 맞은 장면을 보고 슬퍼하진 않았지만, 절대로 그런 일을 자초하진 않습니다. 하지만 그 수사를 막는 데 더 강력한 동기가 있던 경찰들이 있었죠."

"그 사람들이 포샤에게 뭐라고 협박한 겁니까?"

"나도 몰라요. 매춘부들은 항상 힘 없는 존재죠, 하지만……."

"네?"

"이건 그냥 직감인데, 법적인 조치를 취하겠다고 협박한 게 아니라 법의 테두리 밖에서 협박한 것 같아요. 그녀는 자신의 목숨이 위태롭다고 믿었던 것 같습니다."

나는 고개를 끄덕였다. 내가 포샤 카를 만났을 때 느꼈던 그
불길한 기운과도 일치했다. 그녀는 추방이나 체포 때문에 두려워
하는 게 아니라, 구타당하거나 살해될 걸 걱정하는 사람처럼 행
동했다. 누군가 걱정하고 있었다. 그녀는 10월에 겨울을 기다리고
있었으니까.

10장

일레인은 포샤 카가 살았던 아파트에서 단 세 블록 떨어진 곳에 살고 있다. 그녀의 아파트는 1번 애비뉴와 2번 애비뉴 사이에 있는 51번가에 있다. 수위가 인터콤으로 내 신원을 확인하더니 들어오라고 손짓을 했다. 엘리베이터를 타고 9층에 도착하자 일레인이 문을 열어 놓고 문간에서 기다리고 있었다.

다시 보니 일레인은 프레자니언의 비서보다 훨씬 더 예뻤다. 그녀는 이제 서른쯤 됐을 것이다. 동안에다 이목구비가 잘생겨서 곱게 나이 들 얼굴이었다. 부드러운 용모에 비해 그녀의 아파트는 대조적으로 현대적이면서 황량한 분위기가 풍겼다. 바닥에는 털이 긴 흰색 카펫이 깔려 있고, 가구는 온통 각지고 기하학적인 무늬에 원색만 있었다. 원래 이런 실내 장식은 내 취향이 아니지만, 왠지 그녀의 아파트는 마음에 들었다. 일레인이 내게 실내 장식을 직접 했다고 말한 적이 있다.

우린 오랜 친구처럼 키스했다. 그리고 그녀는 내 팔꿈치를 움켜쥐고 아파트 안으로 인도했다.

일레인이 말했다.

"마델 첩보원이 보고드리죠. 날 무시하면 안 돼요. 이 카메라는 진짜 카메라처럼 보이지만, 사실은 넥타이핀이랍니다."

"그 반대 아닌가? 넥타이핀이 아니라 카메라라고."

"아, 정말 내가 첩보원이면 좋겠어요."

그녀는 돌아서서 보란 듯이 안으로 들어갔다.

"사실 알아낸 건 별로 없어요. 그 여자 고객 명단에 있는 거물들이 누군지 알고 싶은 거잖아요. 그렇죠?"

"정계 거물이면 좋겠는데."

"바로 그거 말이에요. 물어본 사람마다 나오는 이름이 똑같아요. 배우들하고 음악가들 서너 명. 솔직히 말하면 연예인을 쫓아다니는 팬들이나 다를 바 없는 콜걸도 몇 명 있어요. 유명 인사들이랑 잔다고 자랑하고 다니는 거죠."

"콜걸들이 입이 싸다는 말을 오늘 또 듣는군."

"창녀들은 대개 심리가 불안정한 편이니까요. 물론 나는 그쪽으로는 튼튼하지만."

"물론 그렇지."

"포샤가 같이 잔 정치가들에 대해 떠벌리지 않았다면 자랑스럽지 않기 때문에 그랬을 거예요. 만약 그 여자가 주지사나 상원의원과 잤다면 벌써 소문이 파다하게 났겠죠. 하지만 별 볼일 없는 말단이라면 누가 신경이나 쓰겠어요? 뭔 상관이냐고 하겠죠?"

"자신들이 그렇게 별 볼일 없다는 걸 알면 정치가들이 무지 슬 퍼하겠군."

"심란하겠죠."

그녀는 담배에 불을 붙였다.

"그 여자의 고객 명부가 있으면 딱인데. 영악하게 암호로 써 놨 다 해도 전화번호들이 적혀 있을 테니까. 거기서부터 거꾸로 암호 를 풀면 돼지."

"당신 것도 암호로 적어 놨어?"

"당연하죠, 자기."

그녀는 의기양양한 미소를 지어 보였다.

"내 수첩을 훔쳐 봤자 쓰레기를 훔치는 거나 마찬가지예요. 내 가 또 한 잔머리 하잖아요. 그건 그렇고 포샤의 수첩을 구할 수 있겠어요?"

나는 고개를 저었다.

"경찰이 이미 그 여자의 아파트를 뒤집어 놨을 거야. 그런 수첩 이 나왔다면 이미 찾아서 버렸을 거야. 강에다 던졌겠지. 브로드 필드 변호사가 덤벼들 여지를 남기고 싶지 않을 테니까. 경찰은 브로드필드를 사지로 몰려고 안달인데 수첩을 없애지 않았다는 건 거기에 브로드필드 이름만 있을 경우밖에 없잖아."

"그 여자를 죽인 범인이 누구라고 생각해요, 매튜? 경찰?"

"사람들은 계속 그쪽으로 암시를 주는데, 내가 아무래도 옷을 벗은 지 너무 오래됐나 봐. 경찰이 누군가를 모함하기 위해 무고 한 창녀를 죽였다는 게 좀체 믿어지지 않는 거 보니까."

일레인이 뭐라고 하려다 그만뒀다.

"무슨 할 말 있어?"

"아무래도 정말 그만둔 지 오래된 것 같긴 해요."

그녀는 또다시 뭔가 말하려다 이내 머리를 세차게 흔들었다.

"난 차 한잔 마셔야겠어요. 손님 접대가 엉망이었네. 술 한잔할래요? 버번은 다 떨어졌지만 스카치가 있는데."

마실 시간이 되기는 했다.

"아무것도 타지 말고 한 잔 줘."

"금방 가져올게요."

그녀가 부엌에 있는 동안 나는 경찰과 창녀의 관계, 그리고 일레인과 내 관계에 대해 생각해 봤다. 그녀를 알게 된 건 경찰을 그만두기 몇 년 전이었다. 사교 모임에서 처음 만났는데 정확한 상황은 기억이 나질 않는다. 어떤 레스토랑에서 공통의 지인이 우리를 소개시켜 준 것 같기도 했는데, 어쩌면 파티에서 만났을 수도 있다. 기억이 잘 안 난다.

매춘부 입장에서는 잘 알고 지내는 경찰이 하나 있는 게 여러모로 편하다. 동료 경찰이 그녀를 괴롭히는 일이 생길 때 그 경찰이 상황을 무마시켜 줄 수 있고, 현실에 기반을 둔 법률적인 조언을 해 줄 수도 있는데 그런 현실적인 충고가 변호사가 하는 충고보다 훨씬 더 쓸모 있는 경우가 많기 때문이다. 그녀는 그런 호의에 대해 보통 여자들이 남자들에게 호의를 갚는 식으로 갚는다.

그래서 나는 몇 년 동안 일레인 마델의 무료 고객 중 하나였고, 그녀가 위기에 처하면 전화한 사람도 바로 나였다. 우리 둘 다 그런 관계의 특권을 남용하지는 않았다. 나는 어쩌다 그녀의 집 근처에 올 일이 생겼을 때 한 번씩 그녀를 만났고, 그녀도 그래 봤자 지금까지 대여섯 번 정도 내게 도움을 청했을 뿐이다.

　그러다 경찰을 그만두면서 몇 달 동안 어떤 종류의 인간적인 접촉에도 관심이 생기질 않았다. 그러니 성적인 접촉에는 더더욱 관심이 없었다. 그러다 어느 날 욕구가 생겼을 때 일레인에게 전화를 하고 찾아갔다. 그녀는 내가 이제 경찰이 아니니 우리 관계가 변할 것이란 말은 한 마디도 하지 않았다. 만약 그랬다면, 다시는 그녀를 안 만났을 것이다. 하지만 나는 나가는 길에 그녀의 커피 테이블에 돈을 조금 얹어 놨고, 그녀는 다시 만나길 바란다고 말했다. 그렇게 우리는 가끔씩 만났다.

　애초에 우리 관계는 일종의 경찰 비리에 해당될지도 모른다는 생각이 들었다. 나는 일레인의 보호자로 행동한 적도 없고, 경찰관으로서 그녀를 체포해야 할 일도 없었다. 하지만 근무 시간에 그녀를 만났고, 내 직업 덕에 그녀와 잘 수 있었다. 따지고 보면 그것도 일종의 비리겠지만.

　그녀는 주스 잔에 스카치를 100밀리리터 정도 따라서 갖다 주고, 우유를 탄 차를 가지고 왔다. 그리고 소파 위에 책상 다리를 하고 앉아서 작은 스푼으로 차를 저었다.

　그녀가 말했다.

　"날씨가 좋네요."

　"그렇군."

　"공원에서 더 가까운 곳에 살았으면 좋았을 텐데. 아침마다 꽤 오래 산책을 하거든요. 이런 날이면 공원에 가고 싶어요."

　"매일 아침 오랫동안 산책을 한단 말이야?"

　"그럼요. 건강에 좋잖아요. 왜요?"

"난 당신이 정오까지 자는 줄 알았지."

"아, 아니에요. 난 아침형 인간이거든요. 그리고 정오부터 손님을 받는걸요? 10시 이후에 찾아오는 사람은 거의 없기 때문에 일찍 자는 편이에요."

"재미있네. 난 이 일이 밤손님을 상대하는 거라고 생각했는데."

"현실은 그렇지 않아요. 날 찾아오는 남자들은 유부남들이에요. 손님들의 90퍼센트가 정오부터 6시 30분까지 오는 편이죠."

"듣고 보니 그렇겠어."

"좀 있음 또 하나 오는데. 하지만 당신이 생각 있다면 시간은 충분해요."

"다음에 하기로 하지."

"그럼 그렇게 해요."

나는 스카치를 조금 마셨다.

"포샤 카 이야긴데. 정부와 관계된 사람의 이름은 안 나왔어?"

"그런 것도 같은데……."

순간 내 표정이 변했는지 그녀가 서둘러 덧붙였다.

"아니, 당신을 속이려고 하는 게 아니에요, 참 내. 이름이 하나 나오긴 했는데 제대로 들은 건지도 모르겠고, 그 사람이 누구인지도 모르겠어요."

"그 이름이 뭔데?"

"성이 만츠였나, 만시였나…… 마나스? 정확히는 모르겠어요. 시장 밑에 있는 사람이라는 건 아는데 직책이 뭔지도 모르겠고. 내가 들은 이야긴 그게 다예요. 그러니까 이름이 뭔지 물어보지 마요. 아는 사람이 없으니까. 뭔가 짚이는 게 있어요? 만츠나 만시, 마나스 중에서."

"전혀 모르겠는데. 시장 밑에 있다고?"

"그렇게 들었어요. 이게 도움이 될지는 모르겠는데 그 사람 취향은 알아요. 그 사람은 화장실 노예예요."

"대체 화장실 노예라는 게 뭔데?"

"그걸 설명하기 싫어서 당신이 알았음 했는데."

그녀는 찻잔을 내려놨다.

"화장실 노예란, 그러니까 다양한 종류의 변태적인 행위를 하겠지만, 예를 들어 보자면 오줌을 마시라거나 똥을 먹으라고 시키면 좋아하는 유형이에요. 혹은 엉덩이나 변기나 그 밖의 다른 걸 혀로 핥으라고 시켜도 좋아하고. 실제로 역겹기 그지없거나 아니면 상징적인 의미에서 화장실에 관계된 걸 시키면 흥분하죠. 화장실 바닥을 대걸레질 하라고 해도 환장할 수 있어요."

"아니, 대체 왜 그런…… 관두자, 이 이야기는 그만하지."

"세상은 참 요지경이라니까요, 매튜."

"그러게."

"요즘은 정말이지 정상적으로 섹스하는 사람이 없는 것 같아요. 마조히스트들을 공략하면 떼돈을 벌 수 있어요. 그런 인간들의 판타지를 충족시켜 준다고 하면 부르는 게 값이라니까. 하지만 그렇게까지 돈을 벌 필요가 있나? 좀 적게 벌더라도 그런 꼴은 보고 싶지 않아요."

"당신이 구식이라서 그래, 일레인."

"내가 좀 그런 편이긴 하죠. 크리놀린 스커트를 펄럭이고, 라벤더 향주머니를 차는 그런 걸 좋아하다 보니 말이에요. 한 잔 더 할래요?"

"조금만 더."

그녀가 술을 가져왔을 때 내가 말했다.

"만츠인지 만시인지 마나스인지 하는 작자. 그 작자에게서 뭐가 나오는지 파 봐야겠어. 어쨌든 그쪽은 막다른 골목 같지만. 그보다는 경찰에 더 관심이 가고 있지만."

"내가 말한 것 때문에요?"

"그것도 있고, 다른 사람들이 말한 것도 있고. 포샤의 뒤를 봐주던 경찰이 있었을까?"

"당신이 내 뒤를 봐준 것처럼? 물론 있었겠지만 그걸로 뭐가 나올 건덕지가 있겠어요? 그 경찰은 당신 친구잖아요."

"브로드필드?"

"그래. 그 남자가 포샤 돈을 갈취했다는 건 거짓말이에요. 하지만 그건 당신도 알고 있는 줄 알았는데."

나는 고개를 끄덕였다.

"브로드필드 말고 다른 사람은 없었을까?"

"내가 들은 바로는 없는데요."

나는 스카치를 한 모금 마셨다.

"이건 좀 다른 이야긴데, 일레인. 혹시 경찰이 당신을 못살게 군 적 있어?"

"당신 말은 늘 그러냐는 건가요? 아님 한 번이라도 그런 적이 있냐는 거예요? 과거에는 있었죠. 하지만 그다음에 나도 요령을 좀 익혔어요. 단골 경찰이 생기니까 나머진 알아서 떨어져 나가던데요."

"그렇지."

"그리고 다른 경찰이 괴롭히면 내게 이런저런 백이 있다고 하거나 전화 한 통 넣으면 다 해결되던데요. 뭐가 더 끔찍한지 알아요? 경찰도 아니면서 경찰인 척하는 인간들이에요."

"경찰을 사칭한단 말이야, 그건 범죄잖아."

"참 나, 매튜. 그렇다고 내가 그 인간들을 고발이라도 하겠어요? 내게 가짜 배지를 들이대던 사기꾼들이 있었어요. 이제 막 상경한 새파란 애송이 창녀에게 그런 배지를 번뜩이면 뭐 보이는 게 있겠어요? 그냥 꼬리를 내리고 마는 거죠. 나야 그런 방면엔 도가 텄어요. 그렇게 배지를 들이대면 쫄지 않고 자세히 봐요. 그럼 그 배지라는 게 장난감 권총에 딸려오는 그런 가짜 배지라 이거예요. 웃지 마요. 진짜라고요. 그런 일을 실제로 당했다니까요."

"그런 놈들이 원하는 게 뭐야? 돈?"

"아, 내가 장난감인 걸 알아내면 장난인 척 은근슬쩍 넘어가려고 해요. 하지만 절대 장난이 아니었어. 돈을 원하는 놈들도 있었지만, 대개 공짜로 한번 해 보자는 수작이죠."

"그래서 장난감 배지를 슬쩍 보여 준단 말이지."

"팝콘 상자에서 나온 배지도 있었다고 맹세할 수 있어요."

"남자들이란 정말 이상한 짐승이야."

"아이고, 남자나 여자나 다를 거 없어요, 자기. 이거 알아요? 인간은 근본적으로 다 이상해요. 모두 다르죠. 가끔은 성적 취향이 특이할 때도 있고, 가끔은 또 다른 면에서 기이한 점이 드러나요. 하지만 어떤 식으로든 모든 사람은 괴짜예요. 당신, 나, 세상사람 전부가 다 그래요."

레온 만츠가 1년 반 전에 부시장으로 임명된 건 쉽게 알아낼 수 있었다. 42번가 도서관에서 잠시 시간을 보내자 금방 나왔다. 내가 찾아본 《뉴욕 타임스》 색인에 마나스와 만체란 성은 아주 많았지만, 그중 누구도 현 정부에 관계된 사람은 없는 것 같았다. 지난 5년간 《뉴욕 타임스》 색인에 만츠는 딱 한 번 언급됐다. 그 기사에 그가 부시장으로 임명된 내용이 나와서, 일부러 마이크로 필름 자료실에 가서 그 기사를 읽어 봤다. 만츠는 그 짧은 기사에 언급된 대여섯 명 중 하나였다. 변호사 출신으로 부시장으로 임명됐다는 내용이 다였다. 그의 나이, 거주지, 결혼 유무, 그 밖에 어떤 것도 나와 있지 않았다. 그가 화장실 노예라는 것도 나와 있지 않았지만, 그건 이미 알고 있으니까.

맨해튼 전화번호부에 그의 번호는 나와 있지 않았다. 아마 다른 지역에 살고 있거나, 시 외곽에서 살고 있는지도 모른다. 어쩌면 전화번호부에 번호가 등록돼 있지 않거나, 부인 이름으로 나왔을지도 모르고. 나는 시청에 전화해서 그가 퇴근했다는 말을 들었다. 집 전화번호는 물어보지도 않았다.

매디슨 가와 51번가 사이에 있는 '오브라이언'이라는 술집에서 그녀에게 전화를 걸었다. 바텐더 이름은 닉이었는데 1년 전쯤 그가 암스트롱에서 일해서 잘 아는 사이였다. 우리는 세상이 좁다는 인사를 나누면서 서로에게 주거니 받거니 술을 몇 잔 샀다. 그리고 술집 뒤쪽에 있는 공중전화에 가서 그녀의 번호를 눌렀다. 수첩에서 번호를 찾아봐야 했다.

그녀가 전화를 받았을 때 내가 말했다.

"매튜인데. 지금 통화할 수 있습니까?"

"여보세요. 네, 할 수 있어요. 혼자 있거든요. 베이포트에서 언니랑 형부가 오늘 아침에 와서 아이들을 데려갔어요. 아이들은 언니 집에서…… 어, 그러니까 한동안 있을 거예요. 그러는 게 아이들에게도 낫고 저도 견디기 쉬울 거라고 언니가 생각한 거죠. 아이들을 보내긴 싫었지만, 언니랑 말다툼할 기운도 없었고, 어쩌면 언니 생각이 옳을지도 몰라요. 이게 더 나을지도 모르죠."

"좀 불안해하는 것 같군요."

"불안하진 않고 다만 지쳤어요. 힘들고. 당신은 괜찮아요?"

"난 괜찮아요."

"당신이 여기 있으면 좋을 텐데."

"나도 그래요."

"아, 정말이지 이 일에 대해 어떻게 생각해야 할지 알았으면 좋겠어요. 무서워요. 내 말이 무슨 뜻인지 아나요?"

"그래요."

"남편 변호사가 아까 전화했어요. 그 변호사랑 통화했나요?"

"아니요. 그 사람이 나랑 연락하려고 했나요?"

"사실 당신에겐 별로 관심이 없는 것 같았어요. 재판에서 이길 거라고 상당히 확신하고 있더군요. 그래서 당신이 그 여자를 죽인 진범이 누군지 알아내려고 하고 있다니까 그 사람은…… 뭐라고 표현해야 하나? 제리가 범인이라고 믿는 것 같은 느낌이었어요. 남편을 무죄로 풀려나게 하려고 노력하고 있지만, 남편이 무고하다고 믿진 않는 눈치였죠."

"그런 변호사들 많아요, 다이애나."

"맹장을 떼어 내는 게 자기 일이라고 판단하는 의사들처럼 말이죠. 맹장에 문제가 있건 없건."

"그게 정확히 같은 의미인지는 모르겠지만, 당신 말이 무슨 뜻인지는 알겠어요. 내가 그 변호사에게 연락할 필요가 있는지는 잘 모르겠군요."

"저도 모르겠어요. 제가 하려던 말은……. 아, 정말 바보 같고, 하기 힘든 말이지만. 매튜? 아까 전화가 왔을 때 변호사인 걸 알고 실망했어요. 전, 그게, 그러니까…… 당신이길 바랬거든요."

잠시 침묵이 흘렀다.

"매튜?"

"듣고 있어요."

"그 말은 하지 말아야 했나요?"

"아니, 바보 같은 소리."

나는 잠시 숨을 돌렸다. 공중전화박스 안이 참을 수 없을 정도로 더워서 문을 조금 열었다.

"아까 전화하고 싶었어요. 사실 지금도 전화해선 안 되는데. 조사에 별로 진전이 없어서."

"어쨌든 전화 줘서 기뻐요. 진전은 있는 건가요?"

"어쩌면 조금은. 당신 남편이 당신에게 책을 쓰는 것에 대해 뭐라고 말한 적이 있나요?"

"제가 책을 써요? 대체 무슨 말을 해야 할지 모르겠네요. 전에 시를 쓰긴 했는데. 유감스럽게도 소질은 없었지만요."

"내 말은 남편이 직접 책을 쓸 생각이 있다는 말을 한 적이 있냐는 겁니다."

163

"제리가요? 그이는 쓰는 건 고사하고 책도 안 읽는걸요. 왜요?"

"만나면 이야기해 줄게요. 몇 가지 알아낸 게 있어요. 문제는 그것들을 모두 맞추면 뭔가 중요한 게 나올지 그게 의문입니다. 남편은 범인이 아니에요. 그건 확실하게 알아요."

"어제보다 더 자신이 있는 것 같은 목소리네요."

"그래요."

난 잠시 입을 다물었다가 말했다.

"내내 당신 생각을 했어요."

"좋아요. 좋은 것 같아요. 어떤 생각을 했죠?"

"호기심."

"좋은 쪽, 아니면 나쁜 쪽?"

"좋은 쪽이겠죠."

"저도 당신 생각을 하고 있었어요."

11장

나는 결국 그날 밤을 빌리지에서 보내게 됐다. 이상하게 초조했고, 어디로 발산해야 좋을지 모를 에너지가 넘쳐서 어수선한 마음에 계속 방황했다. 금요일 밤이었는데, 인기 있는 시내 술집들은 항상 그렇듯이 사람들로 북적이며 시끄러웠다. 나는 케틀과 미네타스와 휘트니스와 맥벨과 산 조르조와 라이언스 헤드와 리비에라와 기억도 안 나는 술집들을 순례했다. 하지만 어디에도 자리를 잡고 한 잔 이상 마시는 일이 없었기 때문에 술집들을 전전하며 걸어 다니는 사이에 술기운이 다 가셨다. 나는 계속 움직이면서 서쪽으로 향해 관광지에서 멀어져서 빌리지와 허드슨 강이 만나는 곳으로 가게 됐다.

신시아에 갔을 때는 자정 무렵이었을 것이다. 그곳은 상당히 서쪽에 있는 크리스토퍼 가에 위치해 있다. 그곳은 동성애자들이 부두 인부들과 트럭 운전기사들을 어둠 속에서 은밀하게 만나러 가는 여정의 끝에 있는 술집이었다. 난 동성애자들이 드나드는 술집 분위기에 특별히 주눅 들진 않았지만 그렇다고 습관적으로 가지도 않았다. 술집 주인과 잘 아는 사이라 근처에 있을 때 가끔 신시아에 가곤 했다. 15년 전 나는 청소년을 대상으로 한 범죄를 저질렀단 혐의로 그를 체포해야 했다. 문제의 청소년은 나이만 열일곱 살이지 닳고 닳은 아이였는데 그 아이의 아버지가 정식으로 고소했기 때문에 나로서는 선택의 여지가 없었다. 케니의 변호사가 그 소년의 아버지와 조용히 이야기를 나누면서 그 사건이 법정까지 가면 어떤 사실이 만천하에 드러날지 암시를 주자 그걸로 사건은 종결됐다.

그 후 몇 년에 걸쳐 케니와 내 사이는 지인과 친구 사이의 애매한 경계를 오갔다. 내가 들어갔을 때 케니는 바에 있었는데, 항상 그렇듯이 스물여덟 살의 청년처럼 보였다. 하지만 실제 나이는 그 두 배 정도였고, 바짝 다가서면 주름살 제거 흉터가 보였다. 하지만 조심스럽게 빗은 머리는 가발이 아니라 케니 자신의 머리였다. 물론 금발은 프랑스 염색약 클레롤의 도움을 빌렸지만.

가게 안에는 손님이 열다섯 명 있었다. 하나씩 보면 동성애자라고 짐작할 수 없었지만, 다들 모아 놓고 보면 그 성적 정체성이 확연히 드러났다. 길고 좁은 술집 안에는 성적 긴장이 너무나도 강렬하게 흐르고 있었다. 아마도 내가 들어갔을 때 그들이 보인 반응 때문에 더 그렇게 느꼈을지도 모른다. 어떤 식으로든 암흑가에서 일생을 보낸 사람은 항상 경찰을 알아볼 수 있는데, 난 아직 경찰처럼 안 보이는 법을 터득하지 못했다.

"매튜 스커더 경이 납셨네."

케니가 큰 소리로 불렀다.

"환영해, 당신이라면 언제나 환영이야. 여기에는 친애하는 당신만큼 터프한 분이 없거든. 여전히 버번 마시지, 달링? 여전히 스트레이트고?"

"좋아, 케니."

"변한 게 없어 보여서 좋네. 이 미친 세상에서 흔들리지 않는 유일한 존재야."

나는 바 앞의 자리에 앉았다. 케니가 나를 환영하자 다른 술꾼들이 긴장을 풀었다. 그래서 케니가 그렇게 호들갑스럽게 맞았는지도 모른다. 그는 버번을 상당히 많이 따라서 내 앞에 놨다. 내가 그 술을 조금 마셨다. 케니가 몸을 내 쪽으로 기울였다. 그의 얼굴은 짙은 갈색으로 그을려 있었다. 그는 여름은 파이어 섬에서 보내고 나머지 계절에는 인공 선탠을 한다.

"일하는 중이야, 달링?"

"응, 그런 셈이야."

그는 한숨을 쉬었다.

"사실은 다들 그렇지. 난 노동절 이후로 계속 일했는데 아직도 적응이 안 되네. 여긴 알프레드가 말아먹게 놔두고 여름 내내 햇살 아래 누워 있으니까 좋더만. 알프레드 알아?"

"아니."

"그 자식이 분명 내가 없을 때 도둑질을 했겠지만 뭐 상관없어. 단골들 헛걸음하지 말라고 여길 열어 둔 것뿐이니까. 내가 뭐 착해서 그런 게 아니라 이 아가씨들이 시내에 다른 술집이 있는 걸 알면 안 되니까 그런 거지. 간접 경비만 빠지면 그거로 만족해. 그러다 이익이 눈곱만큼 남기도 하고."

그는 윙크를 하고 나서 바의 끝 쪽으로 달려가 다른 손님들의 술잔을 채워 주고 돈을 받았다. 그리고 돌아와서 다시 두 손으로 턱을 받치고 바에 기대어 섰다.

그리고 입을 열었다.

"무슨 꿍꿍인지 알아."

"모를걸?"

"술 걸고 내기할까? 좋아. 어디 보자. 혹시 J. B.에 대한 일은 아니겠지? 당신이 지금 마시는 짐 빔의 J. B.가 아니라 사람 J. B.와 그의 절친 P. C.에 대한 일이지?"

그는 극적으로 눈썹을 치켜세웠다.

"와, 그러다 턱 빠지겠어, 매튜. 그래서 애초에 이 누추한 곳까지 찾아온 거 아니야?"

나는 고개를 흔들었다.

"정말?"

"그냥 근처를 지나가다 들른 거야."

"그거 정말 놀라운데."

"브로드필드가 여기서 몇 블록 떨어진 곳에 살았다는 건 알고 있었지만, 브로드필드와 이 술집 사이에 무슨 관계가 있겠어? 배로 가에 있는 그 아파트 근처에 술집이 몇 십 개는 있는데. 내가 그의 사건을 맡았다는 건 그냥 찍은 거야, 아니면 들은 말이 있는 거야?"

"그걸 찍었다고 할 수 있을지 모르겠어. 그냥 해 본 말은 아니야. 그 사람이 여기서 술을 마시곤 했으니까."

"브로드필드가?"

"그렇지. 자주는 아니지만 가끔 왔어. 아니, 그자는 동성애자는 아니야, 매튜. 만약 동성애자라면 나는 모르는 사실이고. 하지만 동성애자는 아닐 거라고 생각해. 여기서 그런 태는 절대 내지 않았어. 그랬다면 인기 폭발이었겠지. 그자는 정말 매력이 철철 넘쳤으니까."

"하지만 자네 타입은 아니라는 거지?"

"절대 아니지. 난 파릇파릇하고 못된 애송이들을 좋아한다니까. 당신도 잘 알잖아."

"아주 잘 알지."

"당신뿐만 아니라 만천하가 다 알지, 자기."

누군가 술을 달라고 바에 대고 잔을 두드렸다.

"아, 좀 기다려, 메리."

케니는 서툰 영국식 억양으로 대답했다.

"내가 지금 경찰 친구랑 다정한 대화를 나누고 있단 말이야."

그리고 그는 이어서 말했다.

"영국식 억양이 나와서 하는 말인데, 그 친구가 그 '여자'를 여기로 데려왔어. 내가 누구 말하는지 알지? 흠, 당신도 알 거야. 술한 잔 더 할래? 당신 나한테 두 잔 빚졌어. 방금 마신 거랑, 내기에서 진 거. 이제 세 잔째야."

그는 내게 넉넉하게 새로 잔을 채워 주더니 병을 내려놨다.

"그래서 당신이 왜 여길 왔는지 금방 눈치 챘지. 당신이 여기 단골은 아니잖아. 그 커플은 같이 온 적도 있지만 따로 온 적도 있어. 이제 그 여자가 죽었고, 그 남자는 창문에 쇠창살이 달린 호텔에 있으니까 결론은 빤하잖아. 매튜 스커더가 제리 브로드필드와 포샤 카에 대해 알고 싶은 거지."

"마지막 말은 맞아."

"그럼 궁금한 걸 물어봐."

"그 친구는 처음에 여기 혼자 왔어?"

"오랫동안 혼자 왔어. 처음에는 자주 온 건 아니야. 한 1년 반쯤 전에 처음 나타났지. 그러다 한 달에 두어 번 정도 왔는데 항상 혼자였어. 물론 그때는 그자에 대해 아무것도 몰랐지. 경찰 같아 보이면서 동시에 아닌 것 같기도 했거든. 내 말이 무슨 뜻인지 알지? 아마 옷 때문에 그런 것 같아. 기분 나쁘게 듣지 마. 하지만 옷을 진짜 잘 입었거든."

"내가 왜 기분이 나쁘겠어?"

케니는 어깨를 으쓱하고 손님을 접대하러 갔다. 그가 자리를 떠났을 때 나는 왜 브로드필드가 신시아를 애용했는지 생각해 봤다. 유일하게 이치에 맞는 건 그가 외출은 하고 싶지만 아는 사람과 마주치고 싶지 않을 때가 있었을 것이라는 점이다. 동성애자들이 다니는 술집이라면 그런 의도에 완벽하게 맞아떨어졌으리라.

케니가 돌아왔을 때 내가 말했다.

"브로드필드가 여기에 포샤 카랑 같이 왔었다고 했지. 그때가 언제였어?"

"확실히는 기억이 안 나. 여름에 데리고 왔는데 내가 몰랐을 수도 있고. 처음 둘이 같이 있는 걸 본 건, 한 3주 전? 두 사람이 나중에 유명해질 거라는 걸 전혀 모르는 상황이었으니까 그때가 언제였는지 정확히는 모르지."

"브로드필드가 누군지 알기 전이었어, 아니면 후였어?"

"야, 머리 한번 기차게 돌아가는데! 브로드필드가 누군지 알고 난 후였어. 그러니까 3주쯤 됐다는 게 맞을 거야. 왜냐면 브로드필드가 그 특별 검사랑 손을 잡았을 때 그런 사람이 있다는 걸 알게 됐으니까. 신문에서 난 사진을 보고 알았는데 그다음에 그 아마존 전사 같은 여자랑 나타난 거지."

"그 두 사람이 여기 몇 번이나 같이 왔어?"

"적어도 두 번은 왔지. 한 세 번쯤 왔을걸. 그게 한 주에 두세 번이었어. 한 잔 더 마실래?"

나는 고개를 흔들었다.

"그다음에 둘이 같이 오진 않았지만, 나중에 그 여자는 봤어."

"혼자?"

"잠깐. 와서, 테이블 하나 잡고 술을 주문하더라."

"그때가 언제였어?"

"오늘이 무슨 요일이지, 금요일? 그때가 화요일 밤이었을 거야."

"그 여자는 수요일에 살해됐지."

"날 그런 눈으로 보지 마, 달링. 난 안 죽였어."

"믿어 주지."

나는 화요일 밤에 여러 공중전화기에 동전을 넣어 가며 포샤카에게 전화를 했지만 자동응답기 소리만 계속 나왔던 걸 기억했다. 그때 그녀는 여기 있었던 것이다.

"그 여자가 여긴 왜 왔어, 케니?"

171

"누굴 만나러."

"브로드필드?"

"그럴 거라고 생각했는데, 결국 나온 남자는 브로드필드랑은 하늘과 땅 차이던걸. 사실 둘이 같은 인간이라는 것도 믿기 힘들 정도였지."

"그런데 그 남자가 바로 포샤가 기다리고 있던 사람이란 말이지?"

"아, 그렇지. 그 남자는 그 여자를 찾으러 들어왔고, 그 여자는 문이 열릴 때마다 고개를 들어서 보더라."

케니는 머리를 한동안 긁적거렸다.

"그 여자가 그 남자와 아는 사인지 모르겠어. 언뜻 봐선 그래. 그 여자가 그 남자를 잘 모르는 것 같은 느낌을 받았지만 그건 그냥 내 짐작이고. 시간이 많이 지난 건 아니지만, 그때는 별로 신경을 안 썼거든."

"둘이 얼마나 같이 있었어?"

"아마 30분 정도 있었을걸. 어쩌면 그보다 더 오래 있었을지도 모르고. 그러다 같이 나갔어. 그러니까 나중에 같이 더 오래 있었을지도 모르지. 내 앞에서 비밀 이야기는 못할 것 같았나 보지."

"그런데 그 남자가 누군지는 모른단 말이지?"

"처음 본 남자였어."

"어떻게 생겼는데, 케니?"

"뭐, 생긴 건 별로였어, 그 정도는 말해 줄 수 있지. 하지만 내 비평을 원하는 게 아니라 인상착의를 듣고 싶겠지? 어디 보자."

그는 눈을 감고 바에 대고 손가락을 두드렸다. 그러다 계속 눈을 감은 채 말했다.

"키가 작았어, 매튜. 체구도 작고 말랐지. 뺨도 홀쭉하고. 이마
는 툭 튀어 나왔는데 턱이라곤 흔적도 없고. 턱 선이 실종된 걸
감추려고 시험 삼아 수염을 기르고 있었고. 콧수염은 안 길렀고.
두꺼운 뿔테 안경을 썼어. 그래서 눈이 잘 안 보였어. 사실 눈이
있었다고 굳은 맹세는 못하겠지만 다른 사람들처럼 눈이 있긴 있
었겠지. 오른쪽 눈도 있고 왼쪽 눈도 있지 않았을까? 왜 그래, 매
튜? 뭐 잘못된 거 있어?"

"아니, 괜찮아. 케니."

"누군지 아는구나?"

"그래. 알겠어."

그 후에 케니의 술집을 금방 나왔다. 그리고 잠깐 필름이 끊긴
시간이 있었다. 아마 그 후로 술집을 한두 군데 더 간 것 같았다.
마침내 나는 배로 가에 있는 제리 브로드필드의 아파트 현관에
서 있는 걸 깨달았다.

무엇 때문에 거기 갔는지, 왜 거길 가야 한다고 생각했는지 모
르겠다. 하지만 그때는 거기 있어야 할 것 같았다.

나는 카드의 셀룰로이드 스트립 부분으로 현관 자물쇠를 따고,
제리 아파트 문도 같은 식으로 열었다. 일단 아파트로 들어가서
문을 잠그고 불을 켠 후에 내 집처럼 편하게 행동했다. 나는 버
번 병을 찾아서 한 잔 따르고, 그 후에 냉장고에서 맥주를 한 병
꺼냈다. 그러고는 앉아서 버번을 마시고 그다음에 맥주를 마셨다.
시간이 좀 흐른 후에 라디오를 켜고 조용한 음악을 연주하는 채

널을 찾아냈다.

버번과 맥주를 좀 더 마신 후에 양복을 벗어서 그의 옷장에 단정하게 걸어 놨다. 그리고 나머지 옷을 다 벗은 후에 옷장 서랍에서 브로드필드의 파자마를 찾아내서 입었다. 파자마 바짓단이 좀 길어서 단을 접어 올려야 했지만 그것만 빼면 그럭저럭 맞았다. 조금 헐렁하긴 했지만 입을 만했다.

침대에 가기 직전에 전화기를 들어서 전화를 걸었다. 며칠 동안 걸지 않았지만 아직 기억을 하고 있었다.

영국식 억양으로 저음의 목소리가 흘러 나왔다.

"7255번입니다. 미안하지만, 지금은 아무도 없습니다. 삐 소리가 울린 후에 이름과 전화번호를 남겨 주시면, 최대한 빨리 연락 드리겠습니다. 감사합니다."

죽음이란 참으로 서서히 진행된다. 누군가 48시간 전에 이 아파트에서 그녀를 칼로 찔러 죽였지만, 아직도 그녀의 목소리가 전화를 받았다.

나는 그냥 그녀의 목소리를 듣기 위해 전화를 두 번 더 했다. 메시지는 남기지 않았다. 그리고 맥주를 한 캔 더 마시고 남은 버번을 다시 마신 후에 브로드필드의 침대로 들어가서 잤다.

12장

나는 형체도 없는 꿈의 흔적들을 쫓아다니다 혼란스럽고 어리둥절한 채로 잠에서 깼다. 한동안 그의 파자마를 입고 그의 침대 옆에 선 채 여기가 어딘지 의아해했다. 그러다 기억이 완전히 돌아왔다. 그래서 서둘러 샤워를 하고, 몸을 닦은 후에, 다시 내 옷으로 갈아입었다. 아침으로 맥주를 한 캔 마시고 밖으로 나가 환한 햇빛을 보자 밤에 돌아다녔던 도둑이라도 된 기분이 들었다.

곧장 일에 착수하고 싶었다. 하지만 먼저 셰리든 광장에 있는 '지미 데이'에서 달걀과 베이컨과 토스트로 거하게 아침을 먹고 커피를 어마어마하게 곁들여 마신 후에 시 외곽으로 가는 지하철을 탔다.

내 호텔로 가자 메시지 하나와 함께 광고 우편물이 많이 와 있었는데 그건 모두 쓰레기통으로 직행했다. 메시지는 셸던 워크가 보낸 것으로, 내가 편한 시간에 연락을 달라는 것이었다. 지금 연락하는 게 나을 것 같아 호텔 로비에서 전화했다.

그의 비서가 곧장 연결시켜 줬다. 셸던이 말했다.

"오늘 아침에 제 의뢰인을 만났습니다, 스커더 씨. 의뢰인이 당신에게 읽어 주라고 적어 준 게 있습니다. 지금 읽을까요?"

"그러시죠."

"매튜. 포샤와 관련해서 만츠와 아는 건 하나도 없어요. 그 사람이 시장 비서인가요? 포샤의 고객 수첩에 정치가가 몇 명 있긴 했지만 포샤는 누군지 말해 주지 않았어요. 난 당신에게 더 이상 감추는 게 없어요. 퍼맨과 우리의 계획은 이 사건과 관계가 없다고 생각해서 그냥 나 혼자 알고 있으려고 했던 건데. 그건 다 잊어버려요. 당신이 집중적으로 조사해야 할 것은 날 체포했던 경찰 두 명이에요. 그들이 어떻게 내 아파트를 알았을까? 누가 그들에게 정보를 줬을까? 그쪽으로 조사를 해 봐요.'"

"그게 답니까?"

"그렇습니다, 스커더 씨. 내가 마치 내용도 모르면서 전달만 하는 메신저 서비스가 된 것 같은 기분이군요. 마치 암호 같아요. 당신은 이게 무슨 뜻인지 알겠죠?"

"어느 정도는요. 브로드필드는 어때 보이던가요? 기분은 좋던가요?"

"아주 좋아 보이던데요. 자신이 무죄로 풀려날 거라는 걸 꽤 자신하고 있습니다. 어느 정도 근거 있는 자신감이죠."

그는 브로드필드를 감옥에 가지 않게 하거나 항소 과정에서 유죄 판결을 뒤집을 다양한 법률적 전술에 대해 말하고 싶어 했다. 난 듣는 둥 마는 둥 하다가 변호사가 잠시 숨을 돌렸을 때 고맙다고 말하고 끊었다.

그리고 레드 플레임에 들러 커피를 마시면서 브로드필드의 메시지에 대해 생각했다. 그가 제시한 수사 방향은 모두 틀렸는데, 그 점을 한동안 생각해 보다가 그 이유를 깨달았다.

브로드필드는 경찰처럼 생각하고 있었다. 그건 당연한 일이었다. 그는 다년간에 걸쳐 경찰처럼 생각하는 법을 익혔는데, 이제 와서 단시일 내에 그걸 고치기란 힘든 일이었다. 나도 여전히 경찰처럼 생각할 때가 많은 데다, 그런 낡은 습관들을 떨치는 데 몇 년이란 시간이 걸렸다. 경찰의 시각에서 보면, 브로드필드처럼 문제를 공략하는 게 정석일 터였다. 구체적인 자료를 가지고 뒤에서부터 사건을 되짚어 가면서 누가 강력계에 전화했는지 알아낼 때까지 다양한 경로로 수사를 해 보는 것이다. 경찰에 전화를 한 자가 살인범일 가능성이 높으니까. 그렇지 않다면, 그자가 필경 뭔가 봤을 테니까.

그리고 그렇지 않았더라도, 누군가는 봤을 것이다. 누군가는 포샤 카가 죽던 날 밤, 그녀가 배로 가에 있는 그 건물에 들어가는 걸 봤을지도 모른다. 포샤는 혼자 들어가지 않았다. 누군가 그녀가 나중에 살인범과 함께 팔짱을 끼고 들어가는 걸 봤을 것이다.

바로 그런 것을 경찰이 추적해서 찾아낼 수 있는 것이다. 경찰은 그런 식으로 수사를 할 수 있는 두 가지 자원, 즉 인력과 권력이 있다. 그 두 가지가 있어야 그런 수사를 할 수 있다. 나처럼 단신으로 뛰는 사람은 그런 식으로는 아무것도 해낼 수 없다. 심지어 장난감 배지도 없는 사람에게 사람들이 입을 열 리 만무하고, 그런 식으로는 성과가 나지 않는다.

특히 경찰이 애초에 그와 협조할 생각이 전혀 없을 때는 더더욱 그렇다. 더군다나 브로드필드를 곤경에서 빼낼지도 모르는 수사를 경찰이 달가워하지 않을 때는 더 그렇고.

그래서 나는 아주 다른 전략, 어떤 경찰도 찬성하지 않을 그런 전략을 써야 했다. 나는 진범을 알아내야 했고, 그다음에 내 짐작을 뒷받침할 수 있는 구체적인 사실들을 밝혀내야 했다.

하지만 그보다 먼저 누군가를 찾아내야 했다.

케니가 말한 체구가 작은 사람. 키가 작고, 마르고, 뺨이 홀쭉한 사람. 이마가 툭 튀어 나오고 턱선이 실종된 사람. 시험 삼아 턱수염을 기르지만, 콧수염은 없는 사람. 두꺼운 뿔테 안경을 쓴 사람······.

* * *

나는 먼저 암스트롱에 들러서 확인해 봤다. 더글라스는 거기 없었고 그날 아침에 오지도 않았다. 한잔하고 갈까 생각했지만 술 없이도 더글라스 퍼맨과 한 판 붙을 수 있을 것 같았다.

하지만 그럴 기회가 없었다. 그의 아파트에 가서 초인종을 누르자, 저번에 봤던 그 추레한 여자 관리인이 나왔다. 지난번에 본 옷과 슬리퍼 그대로였다. 그녀는 또 다시 빈 방이 없으니 세 집 건너 집으로 가 보라고 했다.

"더글라스 퍼맨을 보러 왔습니다."

내가 말했다.

관리인이 내 얼굴을 뚫어져라 바라봤다.

"4층 첫 번째 방인데."

그녀가 말했다. 그리고 얼굴을 살짝 찌푸렸다.

"전에 왔던 사람이구만. 그 사람을 찾으러 왔지?"

"맞아요."

"어쩐지 전에 봤단 생각이 들더니만."

그녀는 집게손가락으로 코를 문지르고서, 그 손가락을 옷에 닦았다.

"그 사람이 집에 있는지 모르겠는데. 가서 확인해 보고 싶으면 그러든가."

"그러죠."

"하지만 문은 건드리지 않는 게 좋을 거야. 그 사람이 문에 도난 경보기를 설치해서, 잘못 건드리면 무지 시끄러우니까. 난 거기 청소도 못해. 자기가 직접 청소한다고 손도 못 대게 하거든. 내 참 더러워서."

"다른 세입자들보다 훨씬 더 오래 봐 왔겠어요."

"이 양반아, 그 사람이 여기서 나보다 더 오래 있었어. 나야 여기 한 1년, 2년 있었나?"

자기도 잘 모르는데 나라고 알겠는가.

"그 사람은 여기 아주 오래 있었어."

"그럼 그 사람을 잘 아시겠네요."

"몰라. 하나도 몰라. 사람들하고 알고 지낼 시간 없어. 내 문제 하나로도 골치가 아프단 말이지."

나도 그 말을 믿었다. 하지만 그녀에게 무슨 문제가 있는지 궁금하진 않았다. 그녀는 분명 더글라스에 대해 알려 줄 것이 없는 것 같은 데다 그 외에는 나도 별로 관심이 없었다. 나는 그녀를 지나쳐서 계단을 올라갔다.

더글라스는 집에 없었다. 손잡이를 돌려 봤지만 문이 잠겨 있었다. 문은 쉽게 딸 수 있겠지만 경보기가 울리는 건 질색이었다. 만약 그 노파가 경고해 주지 않았다면 다짜고짜 손을 댔을지도 모를 일이지만.

나는 즉시 연락하지 않으면 후회할 거란 의미를 충분히 전한 쪽지를 썼다. 거기에 서명하고 내 전화번호를 같이 쓴 후에, 쪽지를 문 밑으로 밀어 넣었다. 그리고 건물을 나갔다.

브루클린 전화번호부에 레온 만츠라는 이름으로 번호가 나와 있었다. 주소가 피에르폰트 가였는데 거기는 브루클린 하이츠(뉴욕의 대표적인 부촌—옮긴이)였다. 화장실 노예가 살기에 어울리는 곳이란 생각이 들었다.

그 번호로 전화를 했지만 신호음만 열 번쯤 울려서 결국 포기했다.

그리고 프레자니언 사무실로 전화를 걸어 봤다. 아무도 받지 않았다. 심지어는 개혁 투사들도 주 5일 근무니까. 나는 시청으로 전화를 걸어 보면서, 만츠가 출근을 했는지도 궁금해졌다. 레온 만츠란 사람이 자리에 없더라도, 시청에는 적어도 누군가 전화를 받을 사람은 있겠지.

애브너 프레자니언의 주소는 전화번호부에 센트럴 파크 웨스트 444번지로 나와 있었다. 나는 그의 번호를 절반쯤 돌리다가 문득 부질없다는 생각이 들었다. 그는 내가 누군지도 모르는데 전화로 생판 모르는 사람에게 협조할 리가 없었다. 나는 전화를 끊고 동전을 챙긴 다음에, 클로드 로비어의 번호를 찾아봤다. 맨해튼에는 로비어가 하나밖에 없었는데, 웨스트 엔드 애비뉴의 로비어였다. 그 번호를 돌렸는데 한 여자가 받기에, 클로드를 바꿔달라고 부탁했다. 클로드가 받자 더글라스 퍼맨이란 남자와 만난 적이 있는지 물어보았다.

"그런 이름은 들어 본 적이 없는데요. 어떤 상황에서 만났다는 말입니까?"

"그 사람은 브로드필드의 동료입니다."

"경찰이라고요? 그런 경찰 이름은 들어 본 적이 없는데."

"아마 당신 상사는 들어 본 적이 있을지 모릅니다. 내가 직접 그분에게 전화를 하려고 했는데 날 모르실 테니 이쪽으로 걸었습니다."

"아, 저에게 대신 전화하셨다니 다행이네요. 제가 검사님께 전화드려서 그 사람에 대해 물어보고 다시 선생님에게 전화드리면 되겠군요. 그 밖에 또 검사님에게 물어보고 싶은 점이 있습니까?"

"레온 만츠란 이름을 들으면 뭐 떠오르는 게 있는지 그것도 물어봐 줘요. 브로드필드와 관련해서 말입니다."

"그러겠습니다. 답을 듣는 대로 즉시 연락드리죠, 스커더 씨."

5분이 지난 후에 전화가 왔다.

"방금 검사님과 통화했습니다. 그런 사람들은 모른다고 하시던데요. 아, 스커더 씨? 저라면 검사님과 직접 연락하는 건 피하겠습니다."

"왜죠?"

"제가 스커더 씨에게 협조하는 걸 검사님이 달가워하지 않으시더군요. 대놓고 그렇게 말하신 건 아니지만…… 제 말이 무슨 뜻인지 짐작하실 겁니다. 검사님은 부하 직원이 점잖게 무시하는 정책을 따르길 바라십니다. 물론 이 말은 우리 둘만 아는 걸로 하셨으면 합니다."

"물론이죠."

"아직도 브로드필드가 무고하다고 믿으십니까?"

"더 확실해졌습니다."

"그 퍼맨이라는 남자가 사건의 열쇠를 쥐고 있고요?"

"그럴지도 몰라요. 이제 대충 사건의 윤곽이 드러나기 시작했어요."

"정말 잘됐네요. 바쁘실 텐데 이젠 그만 놔드려야겠군요. 제가 도와드릴 일이 있다면, 전화하세요. 하지만 비밀로 해 주시는 겁니다, 아셨죠?"

그가 말했다.

조금 후에 나는 다이애나에게 전화를 걸었다. 우리는 9번 애비뉴에 있는 프랑스 레스토랑인 '브리타니 뒤 소아'에서 8시 30분에 만나기로 했다. 그곳은 조용하고 은밀한 곳으로 거기서 우리는 조용하고 은밀한 사람이 될 것이다.

다이애나가 말했다.

"그럼 거기서 8시 30분에 만나요. 수사에 진전은 좀 있었나요? 아, 이따 거기서 들으면 되겠군요?"

"그래요."

"당신 생각 많이 했어요, 매튜. 제 마음이 어떤지 당신은 모르실 거예요. 그러지 않으려고 아주 많은 시간을 보냈어요. 정말 무진 노력했는데도 마치 고삐가 풀린 것 같아요. 이런 말 하면 안 되는데. 당신이 겁날지도 모르잖아요."

"그런 걱정하지 말아요."

"그게 참 묘하단 말이에요. 걱정은 안 돼요. 그거 참 이상하지 않아요?"

호텔로 돌아오는 길에 퍼맨의 아파트에 들렀다. 초인종을 눌러도 그 매니저는 나오지 않았다. 아마 그 여자는 아까 내게 넌지시 말했던 다른 문제들로 바쁜 모양이었다. 나는 그냥 내 멋대로 들어갔다. 더글라스는 집에 없었는데 아직 돌아오지 않은 모양이었다. 내가 문 밑에 남긴 쪽지가 그대로 보였다.

이럴 줄 알았으면 그의 전화번호를 적어 둘걸 그랬다. 그에게 전화가 있다면 말이다. 지난번에 여길 찾아왔을 때는 못 봤지만 책상 위가 어질러져 있어서 그랬을지도 모르겠다. 어쩌면 그 종이 뭉치들 밑에 전화가 있었을지도 모르는데.

나는 다시 호텔로 돌아가서 샤워와 면도를 하고, 방 안을 정리했다. 호텔 청소부가 대충 치워 놔서 내가 치울 건 별로 없었다. 여긴 항상 그렇듯이 시시한 호텔의 조그만 방에 지나지 않는다. 퍼맨은 가구가 딸린 셋방을 자신의 일부로 변신시켰다. 나는 처음 들어왔던 그대로 내버려 뒀다. 처음에는 이 방의 황량한 단순함이 내게 잘 어울린다고 생각했다. 지금은 더 이상 신경 쓰지 않고 살다가 손님이 찾아올 거란 생각에 비로소 신경이 쓰였다.

나는 방에 있는 술들을 확인해 봤다. 내가 마시기엔 충분해 보였고, 그녀가 뭘 좋아할지도 몰랐다. 거리 맞은편에 있는 가게에서 11시까지는 배달을 해 준다.

나는 가지고 있는 옷 중에서 가장 좋은 양복을 입고 오드콜로뉴도 살짝 발랐다. 아들들이 크리스마스 선물로 준 것이다. 어느 크리스마스에 줬는지, 언제 마지막으로 이 향수를 썼는지 기억도 안 난다. 그걸 문지르고 나니 좀 우스꽝스런 기분이 들기도 했지만, 나쁘진 않았다.

그리고 암스트롱에 들렀다. 퍼맨은 한 시간 전쯤에 왔다가 갔다고 했다. 나는 그에게 쪽지를 남겼다. 그리고 만츠에게 연락했는데 이번에는 그가 전화를 받았다.

내가 말했다.

"만츠 씨 맞으시죠? 전 매튜 스커더라고 합니다. 포샤 카의 친구입니다."

침묵이 흘렀다. 이어서 나온 답변이 설득력이 없을 정도로 긴 침묵이었다.

"죄송하지만 전 모르는 이름인데요."

"분명 아실 텐데요. 그런 식으로 나오시면 곤란합니다, 만츠 씨. 제게는 안 통해요."

"원하는 게 뭡니까?"

"만났으면 합니다. 내일."

"용건이 뭐냐고요?"

"그건 만나서 이야기하죠."

"이해가 안 되는군요. 이름이 뭐라고 했죠?"

내가 말해 줬다.

"정말 이해가 안 됩니다, 스커더 씨. 저한테 뭘 원하는지 모르겠군요."

"내일 오후에 댁으로 찾아뵙죠."

"그러지 않는 게……."

"내일 오후. 3시경에 뵙죠. 집에 계시는 게 좋을 겁니다."

내가 말했다.

만츠가 뭐라고 말하기 시작했지만, 나는 더 이상 듣지 않고 끊어 버렸다. 그때가 8시 몇 분 지난 시각이었다. 나는 밖으로 나가서 9번 애비뉴에 있는 레스토랑을 향해 걸어갔다.

13장

우리는 칸막이 좌석에 앉았다. 그녀는 몸에 딱 붙는 수수한 검은 드레스를 입고 보석은 차지 않았다. 그녀가 뿌린 향수는 꽃향기를 베이스로 스파이스 향이 살짝 깔려 있었다. 그녀를 위해 얼음을 넣은 드라이 베르무트(포도주에 향료를 넣어 우려 만든 술 ―옮긴이)를 주문하고 나는 버번을 주문했다. 첫 잔이 왔을 때 우리는 가볍고 사소한 이야기를 나눴다. 두 번째 음료를 주문했을 때 웨이트리스에게 식사 주문을 했다. 그녀는 송아지 췌장요리를 시키고, 난 스테이크를 선택했다. 술이 나왔고, 우리는 다시 잔을 마주치다가 눈이 마주치면서 조금 어색한 침묵이 흘렀다.

그녀가 먼저 그 침묵을 깼다. 그녀가 내민 손을 내가 잡자 그녀가 시선을 내리면서 말했다.

"전 이런 데는 익숙지 않아서 말이죠. 많이 서툴러요."

"나도 그래요."

"당신은 독신으로 산 지 몇 년 됐으니 적응이 됐잖아요. 전 잠깐 외도를 했지만 별로 심각한 건 아니었어요. 그 사람은 유부남이었어요."

"말하지 않아도 돼요."

"아, 저도 알아요. 그 사람은 유부남이었어요. 아주 가볍고 순전히 육체적인 관계였죠. 금방 끝났고."

그녀는 잠시 망설였다. 내가 뭐라고 하기를 기다린 것일지도 모르겠지만, 난 아무 말도 하지 않았다. 그러자 그녀가 다시 입을 열었다.

"우리 관계가, 그러니까 가벼운 관계이길 바란다면…… 그것도 괜찮아요, 매튜."

"우리가 서로에게 가벼운 관계가 될 수 있을 것 같지 않군요."

"그렇죠, 그럴 순 없을 것 같아요. 제가 바라는 건…… 아, 저도 제가 바라는 게 뭔지 모르겠어요."

그녀는 잔을 들어서 한 모금 마셨다.

"오늘 밤 조금 취할 것 같아요. 나쁜 생각일까요?"

"좋은 생각인 것 같은데요. 식사하면서 와인 한 잔씩 할까요?"

"좋죠. 조금 취해야 한다는 건 나쁜 징조 같은데."

"난 그 점에 대해선 뭐라고 할 자격이 없어요. 매일 조금씩은 취해 있으니까."

"제가 걱정해야 할 정도인가요?"

"나도 모르겠어요. 하지만 당신이 꼭 알고 있어야 해요, 다이애나. 당신이 어떤 남자와 엮이게 되는지는 알아야죠."

"당신은 알코올 중독자인가요?"

"글쎄, 알코올 중독자라는 게 뭐죠? 나 정도 마시면 자격은 충분할 것 같은데. 그렇다고 제 구실을 못할 정도로 마시진 않아요. 하지만 언젠가는 그렇게 되겠죠."

"술을 끊을 수 있나요? 아니면 줄이거나?"

"그럴 수 있겠죠. 이유만 있다면."

웨이트리스가 전채를 가져왔다. 나는 레드 와인을 한 병 주문했다. 다이애나가 작은 포크로 홍합 하나를 찌르더니 입으로 반쯤 가져가다가 멈췄다.

"아직 그 문제는 이야기하지 말기로 해요."

"그러는 게 낫겠죠."

"우리는 대부분의 일에 대해 생각이 같은 것 같아요. 원하는 것도 같고, 두려워하는 것도 같고."

"적어도 상당히 비슷하긴 해요."

"그래요. 어쩌면 당신은 완벽한 남자가 아닐지도 몰라요, 매튜. 당신이 지금 하려는 말이 그런 의미인 것 같네요. 저도 마찬가지예요. 전 술은 안 마시지만, 앞으론 마실지도 모르죠. 전 당신과는 다른 방식으로 인간이길 포기했어요. 더 이상 나이길 포기한 거죠. 전……"

"계속 말해 봐요."

"제 인생에 마치 두 번째 기회가 찾아온 것 같은 기분이에요. 처음부터 그런 기회는 계속 있었겠지만, 그게 있다는 걸 알아야만 잡을 수 있잖아요. 당신이 그 기회의 일부인지 아니면 그걸 깨닫게 해 준 계기였는지 그건 잘 모르겠어요."

그녀는 홍합이 매달려 있는 포크를 접시에 내려놨다.

"아, 정말이지 너무나 혼란스러워요. 잡지란 잡지에 죄다 제 나이가 지금 정체성의 위기를 겪을 시기라고 나왔어요. 지금 제가 겪는 게 바로 그걸까요? 아니면 사랑에 빠진 걸까요? 그 차이를 어떻게 구분하죠? 담배 있나요?"

"내가 사 올게요. 어떤 걸 피우죠?"

"난 원래 담배 안 피워요. 아, 아무거나 괜찮아요. 윈스턴이면 될 것 같은데."

나는 자판기에서 담배를 한 갑 샀다. 그리고 포장을 벗겨서 그녀에게 한 개비 주고, 내 것도 하나 꺼냈다. 내가 불을 키자 그녀가 손가락으로 내 손목을 감싸 쥐고 담배에 불을 붙였다. 손가락 끝이 아주 차가웠다.

그녀가 말했다.

"제게는 어린 자식이 셋이나 있어요. 남편은 감옥에 있고."

"그리고 당신은 술과 담배를 시작했죠. 마음도 엉망진창이고. 나도 압니다."

"당신은 다정한 사람이에요. 내가 전에 그 말 했나요? 지금도 그건 변함없어요."

나는 그녀가 와인만 마시지 않고 식사도 하도록 신경 썼다. 그 후에 그녀는 에스프레소에 브랜디를 조금 넣어서 마셨다. 나는 커피와 버번을 섞어 마셨다. 우리는 이야기도 많이 하고, 종종 오랫동안 입을 다물고 있기도 했다. 침묵도 대화만큼이나 그 나름의 방식으로 수많은 의미가 오고 갔다.

내가 계산을 했을 때는 자정이 가까운 시간이었다. 레스토랑에선 어서 문을 닫고 싶어서 조바심을 냈지만, 우리 테이블을 담당한 웨이트리스는 점잖게 기다렸다. 나는 그런 그녀의 참을성을 넉넉한 팁으로 보상해 줬는데 어쩌면 과하게 줬는지도 모르겠다. 상관없었다. 온 세상이 다 사랑스러웠다.

우리는 밖으로 나가서 9번 애비뉴에 서서 찬 공기를 들이마셨다. 그녀는 달을 보면서 내게도 보라고 했다.

"달이 거의 다 찼어요. 아름답죠?"

"그래요."

"가끔은 달의 인력을 느낄 수 있을 것 같은 기분이 들어요. 바보 같죠?"

"글쎄. 바다는 그걸 느낍니다. 그래서 밀물과 썰물이 있는 거고. 달이 인간의 행동에 영향을 미친다는 건 확실해요. 경찰들은 다 알아요. 범죄율도 달에 따라 변해요."

"정말요?"

"그렇다니까요. 특히 기이한 범죄들이 그렇죠. 보름달이 뜨면 사람들은 기괴한 짓을 해요."

"예를 들면요?"

"사람들이 다 보는 앞에서 키스하는 거."

조금 후에 그녀가 말했다.

"흠, 그게 기이한 짓인지 잘 모르겠는데요. 사실 아주 좋은데요."

암스트롱에서는 커피와 버번을 주문했다.

"당신이랑 같이 마시니까 좋지만 졸고 싶진 않고. 거기다 요전 날 마셔 보니 맛도 괜찮던데요."

190

트리나가 주문한 음료들을 가지고 와서 내게 종이 한 장을 건네줬다.

"그 사람이 여기 한 시간쯤 전에 왔어요. 그 전에 전화를 여러 번 했고. 당신과 연락하려고 난리였어요."

나는 그 종이를 폈다. 더글라스 퍼맨의 이름과 전화번호가 적혀 있었다.

내가 말했다.

"고마워. 내일 아침에 연락해도 되겠지."

"급한 일이라고 그 사람이 그랬어요."

"그건 그 친구 생각이고."

다이애나와 나는 커피 잔에 버번을 따랐다. 다이애나가 무슨 일이냐고 물었다.

"당신 남편과 가까운 한 남자가 있는데, 살해된 여자와도 친했어요. 그 이유를 알 것 같아서 그 남자랑 이야기를 좀 해 보고 싶어서요."

내가 설명했다.

"그 사람에게 전화 걸어 보고 싶어요? 아니면 잠시 만나든가? 나 때문에 괜히 미룰 필요는 없어요, 매튜."

"다음에 해도 돼요."

"중요한 일이라고 생각되면……."

"중요하지 않아요. 내일 만나도 괜찮아요."

퍼맨은 그렇게 생각하지 않은 듯했다. 조금 후에 전화벨이 울렸다. 트리나가 받더니 우리 테이블로 왔다.

"아까 그 사람이에요. 통화하시겠어요?"

트리나가 물었다.

나는 고개를 흔들었다.

"난 여기 왔다가 메시지를 받고 내일 아침에 전화하겠다고 말한 걸로 해 줘. 그리고 술 한잔 마시고 나갔다고."

"알았어요."

10분이나 20분쯤 지나서 우리는 정말 가게를 나왔다. 우리 호텔에서 자정부터 아침 8시까지 프런트 근무는 에스테반이 서고 있었다. 그가 내게 메시지를 세 개 줬는데 모두 퍼맨이 남긴 것이었다.

내가 말했다.

"전화 연결하지 말아 줘. 누가 하든 난 안 들어온 거야."

"알았습니다."

"만약 전화벨이 울리면 호텔이 불 난 걸로 생각하겠어. 그렇지 않는 한 전화 안 받을 테니까."

"네."

우리는 엘리베이터를 타고 가서 복도를 걸어 내 방으로 갔다. 나는 문을 열고 그녀가 들어가게 옆으로 비켜섰다. 그녀가 내 옆에 서자 작은 방이 전보다 훨씬 더 황량하고 삭막해 보였다.

내가 말했다.

"다른 곳으로 갈까 생각해 봤습니다. 좀 더 나은 호텔이나 친구 아파트 같은 곳. 하지만 내가 사는 곳을 보여 주고 싶었어요."

"좋아요, 매튜."

"괜찮아요?"

"당연히 괜찮죠."

우리는 키스했다. 그리고 오랫동안 포옹했다. 난 그녀의 향수 냄새를 맡고 그녀의 달콤한 입술을 맛보았다. 그리고 시간이 조금 흐른 후에 그녀를 놔줬다. 그녀는 천천히 신중하게 방을 둘러보면서 이것저것 살펴봤다. 그리고 내게 돌아서서 아주 다정한 미소를 지었고, 우리는 옷을 벗기 시작했다.

14장

밤새 내내 우리 중 하나는 잠을 깨서 서로를 깨우곤 했다. 그러다 마지막으로 잠이 깼을 때 나 혼자인 걸 발견했다. 텁텁한 공기에 여과된 희미한 햇살이 방 안으로 들어와 황금빛으로 빛나고 있었다. 나는 침대에서 일어나 침대 옆 테이블에 있는 손목시계를 들었다. 정오가 다 된 시간이었다.

옷을 거의 다 입었을 때 그녀가 남긴 쪽지를 발견했다. 서랍장 위의 거울 면과 프레임 사이에 끼워져 있었다. 그녀의 글씨는 작고 단정했다.

나는 그 쪽지를 읽었다.

달링

그런 말 있죠? 어젯밤은 내 남은 생의 첫날밤이었다고. 할 말은 정말 많지만, 내 생각을 잘 표현할 상태가 아니네요.

전화해 줘요. 부디 전화 줘요.

당신의 여자.

나는 그 쪽지를 처음부터 끝까지 두 번 읽었다. 그리고 조심스럽게 접어서 지갑에 넣었다.

내 우편함에는 메시지가 한 개 들어와 있었다. 퍼맨이 새벽 1시 30분 경에 마지막으로 전화했다. 그리고 포기하고 잠이 든 모양이었다. 나는 로비에서 그에게 전화했지만 통화 중이었다. 나가서 아침을 먹었다. 내 방 유리창으로 들어온 공기는 텁텁하더니 거리로 나오자 깨끗하게 느껴졌다. 기분이 그래서 그런 건지도 모르겠다. 오랜만에 너무나 상쾌했다.

나는 다시 자리에서 일어나 두 잔째 커피를 마신 후에 퍼맨에게 다시 전화했다. 아직도 통화 중이었다. 나는 자리로 돌아와서 세 번째 커피를 마시면서 다이애나를 위해 산 담배에서 한 개비를 태웠다. 그녀는 전날 밤 서너 대를 피웠고, 그녀가 피울 때마다 나도 한 대씩 피웠다. 남은 담배를 절반 정도 피우고, 나머지는 테이블 위에 놔둔 후에, 퍼맨에게 세 번째로 전화를 걸었다. 그리고 계산을 하고 퍼맨이 거기 있거나 들렀는지 확인하기 위해 암스트롱에 가 봤다. 퍼맨은 오지 않았다.

뭔가가 내 의식의 가장자리에서 맴돌면서 좀체 떨어지질 않았다. 나는 암스트롱의 공중전화박스에서 다시 그에게 전화를 걸었다. 여전히 통화 중이었는데 보통 때 들리는 신호음과는 조금 다르게 들렸다. 나는 전화 안내원에게 전화해서 특정 번호가 정말로 통화 중인지 아니면 코드에서 빠진 건지 확인할 수 있냐고 물었다. 내가 통화한 안내원은 영어를 잘하지 못했고, 내가 요청한 업무를 하는 방법도 몰랐다. 그녀는 상관에게 연결시켜 주겠다고 했지만, 나는 퍼맨의 집에서 고작 여섯 블록 떨어진 곳에 있어서 괜찮다고 대꾸했다.

퍼맨의 집을 향해 출발했을 때는 상당히 침착했지만 그의 집에 도착했을 때는 극도로 불안했다. 어쩌면 내 무의식이 보내는 신호를 알아챘는데 퍼맨의 집에 가까워질수록 그 신호가 더 강해진 건지도 모르겠다. 어떤 이유로든 나는 그 아파트의 현관 초인종을 누르지 않았다. 안을 들여다보고, 아무도 없는 걸 확인한 후에 셀룰로이드 스트립을 이용해서 자물쇠를 땄다.

그리고 아무도 만나지 않은 채 무사히 꼭대기 층까지 올라갔다. 건물은 완벽하게 고요했다. 나는 퍼맨의 집으로 가서 문을 노크하고 그의 이름을 부른 뒤 다시 노크했다.

아무 소리도 들리지 않았다.

나는 셀룰로이드 스트립을 꺼내서 한번 들여다보고 그다음에 문을 봤다. 그리고 도난 경보기에 대해 생각해 봤다. 만약 그게 울릴 거라면 문을 열어 둬서 경보기가 울리기 시작하면 잽싸게 도망쳐야 할 것이다. 그렇다면 셀룰로이드는 잊어야 한다. 살짝 들어가는 것도 나름대로 좋을 때가 있지만, 가끔은 완력을 써야 할 때도 있다.

나는 문을 발로 차서 열었다. 데드볼트(스프링 작용이 없이 열쇠나 손잡이를 돌려야만 움직이는 걸쇠 ─ 옮긴이)가 걸려 있지 않아서 한 번 차자 열렸다. 알람을 키려면 열쇠로 들어와야 하는 것처럼, 데드볼트를 걸려면 열쇠가 있어야 한다. 그런데 퍼맨의 아파트를 마지막으로 나온 사람은 그런 열쇠도 없었고, 있었다 해도 굳이 그런 걸 쓰려고 하지 않았다. 그래서 경보기는 울리지 않았다. 그건 좋았지만, 여기서 내가 얻을 수 있는 희소식은 그게 전부였다.

방 안에서 나쁜 소식이 날 기다리고 있었지만, 경보기가 울리지 않는 그 순간부터 나는 그게 뭔지 알고 있었다. 어떤 면에선 이 아파트에 도착하기 전부터 알고 있었지만 그건 본능적으로 안 것이었다. 그리고 경보기가 울리지 않았을 때는 추론으로 알게 됐고, 이제 그를 볼 수 있게 되자 냉엄하고 구체적인 현실로 깨닫게 됐다.

더글라스 퍼맨은 죽었다. 자신의 책상 위에 엎드려 있었는데, 마치 살인자가 그를 죽였을 때 책상 위로 몸을 기울이고 있었던 것처럼 보였다. 죽은 걸 확인하기 위해 건드려 볼 필요도 없었다. 두개골의 왼쪽 뒷부분이 곤죽이 돼 있었고, 방 안에서 죽음의 악취가 났다. 생명이 빠져나가면서 그의 몸에서 배설물이 나온 것이다. 장의사가 솜씨를 발휘하기 전의 시체들은 그들을 사로잡은 죽음만큼이나 끔찍한 냄새가 난다.

어쨌든 죽은 지 얼마나 됐는지 짐작해 보려고 몸을 만져 봤다. 하지만 피부가 차가웠다. 그래서 사망한 지 적어도 대여섯 시간이 됐다는 건 알 수 있었다. 나는 법의학을 배워 볼 생각은 해 보지 않았다. 연구실 직원들이 그쪽 전문인 데다, 평소 잘난 척하는 것의 반만 실력이 따라 줘도 상당히 유능하니 나까지 배울 필요가 없었다.

나는 문가로 가서 문을 닫았다. 자물쇠는 아무짝에도 쓸모가 없었지만, 바닥에 방범용 자물쇠가 있어서 그걸 채웠다. 오래 있을 생각은 없었지만 여기 있는 동안 방해받고 싶진 않았다.

전화는 코드가 뽑혀 있었다. 반항의 흔적은 없었다. 살인자가 시체의 발견을 지체시키기 위해 코드를 뺀 것 같았다. 만약 그 자식이 잔머리를 굴렸다면 지문도 남아 있지 않겠지만, 그래도 내 지문을 보태거나 그가 부주의하게 남겼을 지문을 지우지 않게 조심했다.

그는 언제 살해됐을까? 침대는 정리가 안 돼 있었지만, 매일 그렇게 정리하지 않을지도 모른다. 혼자 사는 사람들은 종종 안 하고 지나간다. 내가 그를 찾아왔을 때 침대가 정리돼 있었나? 나는 그 점에 대해 생각해 봤지만 확실히는 모르겠다고 판단했다. 단정하고 깔끔한 분위기가 풍겼던 걸 생각해 보면 정리돼 있었을 수도 있지만, 편안해 보이는 분위기도 흘렀기 때문에 아닐 수도 있었다. 아무리 생각해 봐도, 어느 쪽이든 상관없을 것 같았다. 검시관이 사망 시각을 알아낼 건데 곧 알게 될 사실을 그렇게 서둘러 알려고 굳이 머리 쓸 필요는 없었다.

그래서 나는 침대 가장자리에 앉아서 더글라스 퍼맨을 보면서 그의 정확한 목소리와 얼굴을 기억해 보려고 애를 썼다.

그는 나와 연락을 하려고 노력했다. 그것도 거듭해서 했는데 내가 그의 전화를 받지 않았다. 그가 내게 진실을 감춘 것에 좀 화가 나서 그랬다. 그리고 그때 나는 한 여자에게 온통 관심이 쏠려 있었는데, 너무나 오랜만에 느껴 보는 경험이라 단 한 순간도 방해받고 싶지 않았다.

그때 내가 그의 전화를 받았다면? 흠, 지금은 결코 말해 줄 수 없는 뭔가에 대해 말해 줬을지도 모르겠다. 하지만 그것보다는 그와 포샤 카의 관계에 대해 내가 짐작했던 걸 확인해 줄 가능성이 더 컸겠지.

내가 전화를 받았다면 퍼맨은 지금 살아 있을까?

그의 침대에 앉아서 하루 종일 시간 낭비를 하면서 그런 질문을 계속 혼자 하고 있을 수도 있었다. 어떤 답이 나오든 이미 시간 낭비는 충분히 했다.

나는 방범 자물쇠를 풀고, 문을 조금 열었다. 복도는 비어 있었다. 나는 퍼맨의 방에서 나와 계단을 내려가서 아무도 만나지 않은 채 그 아파트를 빠져나왔다.

미드타운 노스(이곳은 18관할 구역 소속이었는데)는 내가 있는 곳에서 단지 몇 블록 떨어진 웨스트 54번가에 있다. 나는 세컨드 챈스라는 술집에 있는 공중전화박스에서 전화를 걸었다. 바에는 와인을 마시는 손님이 두 명 앉아 있었고, 그 뒤에 세 번째 술꾼이 있는 것 같았다. 경찰서에서 전화를 받자 나는 퍼맨의 주소를 말하고 거기서 한 남자가 살해됐다고 말했다. 당직 경관이 끈기 있게 내 이름을 물어볼 때 난 전화를 끊었다.

너무 급해서 택시도 잡지 않았다. 지하철이 더 빨랐다. 나는 지하철을 타고 브루클린 브리지 위에 있는 클라크 스트리트 역으로 갔다. 피에르폰트 가로 가기 위해 길을 물어봐야 했다.

그 블록은 대부분 브라운스톤 건물들이 들어서 있었다. 레온 만츠가 사는 건물은 14층으로 주변 건물들 중에서도 거대한 편에 속했다. 수위는 다부진 체격의 흑인으로 이마에 깊은 주름이 가로로 세 줄 파여 있었다.

"레온 만츠 씨를 찾아왔는데요."

내가 말했다.

수위가 고개를 저었다. 나는 수첩을 꺼내서, 주소를 확인하고, 수위를 올려다봤다.

"주소는 맞아요."

수위가 말했다. 서인도 제도 억양으로 '아' 발음이 아주 길었다.

"주소는 맞는데 날을 잘못 잡은 게 문제지."

"그 사람과 약속이 돼 있는데요."

"만츠 씨는 이제 여기 안 살아요."

"이사 갔습니까?"

그건 불가능한데.

수위가 대답했다.

"엘리베이터를 기다리기 싫어서 지름길로 갔어요."

"대체 뭔 소리를 하는 겁니까?"

그 흰소리는 수위가 경박해서 한 소리가 아니었다는 걸 나중에 알게 됐다. 단지 차마 입에 올릴 수 없는 소식을 돌려서 말했던 것이다. 내가 말귀를 영 못 알아듣자 수위가 솔직하게 말했다.

"그 사람 창문에서 뛰어 내렸어요. 바로 저기 떨어졌죠."

그는 다른 곳과 아무것도 달라 보이지 않는 보도의 한 지점을 가리키고는 다시 말했다.

"바로 저기로 떨어졌다고요."

"언제요?"

"어젯밤."

수위는 이마를 슬쩍 만지더니 무릎을 살짝 꿇는 시늉을 했다. 그게 조의를 표하는 개인적인 습관인지 아니면 내가 잘 모르는 종교 의식의 일부인지는 모르겠다.

"그때는 아먼드가 근무하고 있었어요. 나라면 창문 밖으로 사람이 뛰어내렸을 때 정신줄을 놨을 텐데."

"살해됐나요?"

그는 날 빤히 바라봤다.

"당신은 어떻게 생각하는데요? 만츠 씨는 14층에 살고 있었어요. 대체 어땠을 거 같아요?"

여기서 가장 가까운 경찰서로 이 사건을 맡게 될 곳은 보로홀 근처에 있는 조랄레몬이다. 운이 좋았다. 몇 년 전에 같이 일했던 킨셀라라고 하는 경찰이 거기 있었다. 그리고 또 운 좋게 내가 브로드필드를 위해 일한다는 소문을 듣지 못했는지 킨셀라는 거리낌 없이 협조해 줬다.

"어젯밤 일어난 사고야. 난 비번이었지만, 아주 명백한 사건 같아, 매튜."

그는 서류 몇 장을 뒤적이다가 책상 위에 다시 놓더니 말을 이었다.

"만츠는 독신이야. 아마 동성애자였을걸. 그 동네에서 남자 혼자 산다면 그림 딱 나오잖아. 십중팔구 게이지."

화장실 노예일 수도 있지.

"어디 보자. 창문에서 뛰어 내려서 땅바닥에 머리 먼저 부딪치고 아델피 병원에 도착한 즉시 사망했어. 호주머니에 있는 소지품들과 양복에 붙어 있던 라벨들과 열린 창문을 조합해서 신원을 파악했지."

"가족이나 친지가 신원을 확인한 게 아니고?"

"내가 알기론 아니야. 여기 기록된 게 없어. 죽은 사람이 그 사람이 아닌 것 같아? 궁금하면 가서 직접 봐도 되지만, 머리부터 떨어져서 상태가 영……."

"한 번도 만난 적도 없는데 뭐. 창문에서 떨어질 때 만츠는 혼자였나?"

킨셀라가 고개를 끄덕였다.

"증인은 하나도 없었어?"

"없어. 하지만 유서를 남겼더군. 그 사람 책상에 타자기가 있었거든."

"그 유서를 타자로 쳤다고?"

"그런 말은 안 나와 있는데."

"그것 좀 내가 볼 수 있을까?"

"꿈 깨, 매튜. 나도 그건 못 봐. 담당 형사가 류 마코라고. 오늘 밤 근무인데 궁금하면 그 친구에게 물어봐. 그 친구가 도와줄 수도 있지."

"별로 중요한 것도 아닌 것 같은데 뭘."

"잠깐. 유서 내용이 복사가 됐네. 볼래?"

내가 읽었다.

죄송합니다. 더 이상 이런 식으로는 못 살겠습니다.

전 잘 살지 못했어요.

살인에 대한 말은 한 마디도 나와 있지 않았다.

이자가 살인을 했을까? 퍼맨이 사망한 시각에 따라 많은 것이 달라질 수 있는데, 검시관이 그걸 알아내기 전까지는 내가 알 수 있는 게 없었다. 만츠가 퍼맨을 죽이고 집에 와서 죄책감에 사로잡혀 창문을 열어 놓고…….

그건 아닌 것 같았다.

내가 말했다.

"그가 몇 시에 뛰어내렸지, 짐? 그건 안 나와 있네."

그는 서류를 훑어보면서 얼굴을 찡그렸다.

"여기 분명 시간이 나와 있어야 하는데. 안 보이네. 그 사람은 어젯밤 11시 35분 아델피 병원에 도착시 이미 사망으로 나와 있는데, 몇 시에 창문에서 뛰어내렸는지는 안 나와 있어."

하지만 그건 사실 중요하지 않았다. 더글라스 퍼맨은 내게 새벽 1시 30분에 마지막으로 전화했다. 레온 만츠가 사망했다고 의사가 선언한 지 한 시간하고도 55분이 지나서 전화한 것이다.

생각해 볼수록 그쪽이 더 납득이 갔다. 모든 것이 맞아떨어지기 시작했는데, 지금으로 봐선 만츠는 퍼맨도, 포샤 카도 죽이지 않았다는 쪽으로 결론이 나기 시작했다. 아마 만츠는 자신의 목숨만 거두어 간 것 같았다. 어쩌면 펜을 찾을 수 없어서 타자로 유서를 친 건지도 모르고, 어쩌면 화장실 노예로 살아온 삶에 대한 혐오감과 죄책감이 결합된 것인지도 모른다. *전 잘 살지 못했어요. 흠, 누군들 그렇지 않았나?*

당분간은 만츠가 자살을 했는지 아닌지는 중요하지 않았다. 어쩌면 누가 그의 자살을 도왔을지도 모르지만, 그건 아직 내가 알 수 없는 일이고, 그걸 어떻게 입증해야 할지 알아야 할 필요도 없었다.

하지만 포샤와 더글라스를 누가 죽였는지는 알고 있다. 더글라스 퍼맨이 사는 아파트에 도착하기 전에 그가 죽은 걸 이미 알고 있었던 것처럼 그 사실도 알고 있다. 어떻게 그걸 알게 됐는지 정확히 설명할 수 없기 때문에 그런 걸 육감이라고 한다. 우리의 의식이 다른 곳을 향해 있을 때도 그 육감은 나름 혼자서 작동되고 있다.

나는 살인범의 이름을 알고 있다. 그의 동기에 대해서도 짐작가는 바가 있다. 이 사건을 마무리하기 전에 좀 더 조사를 해 봐야겠지만, 어려운 부분은 끝났다. 일단 뭘 찾고 있는지 알면, 나머지는 쉬운 법이었다.

15장

서너 시간 후에 나는 서쪽 70번가에서 택시에 내려 수위에게 내 이름을 밝혔다. 그 택시는 브루클린에서 돌아온 후에 탄 첫 택시가 아니었다. 그 전에 만나 볼 사람이 서너 명 있었다. 그 사람들이 술을 권했지만 사양했다. 대신 커피를 몇 잔 마셨는데, 그중에는 지금까지 마셔 본 중 최고의 커피도 두어 잔 있었다.

수위가 집주인에게 내가 왔다는 걸 알리고, 엘리베이터로 안내했다. 나는 6층으로 가서 맞는 집을 찾아 노크를 했다. 파란 빛이 도는 회색 머리의 키가 작고 가녀린 체구의 여자가 문을 열었다. 내 소개를 하자 그녀가 손을 내밀었다.

"우리 애는 지금 축구 보고 있어요. 손님은 축구 좋아하시나요? 난 아무 재미가 없던데. 앉아 계시면 클로드에게 손님이 왔다고 할게요."

그녀가 말했다.

하지만 그럴 필요도 없었다. 그는 거실 뒤편의 아치형 입구에서 있었다. 흰 셔츠 위에 소매 없는 갈색 카디건을 받쳐 입고 실내용 슬리퍼를 신고 있었다. 그는 통통한 엄지손가락을 벨트에 걸치고 있다가 말했다.

"안녕하세요, 스커더 씨. 이쪽으로 오시겠어요? 엄마, 스커더 씨랑 저는 서재에 있을게요."

나는 그를 따라 작은 방으로 들어갔는데 안에 속을 빵빵하게 채운 의자 몇 개가 컬러텔레비전을 둘러싸고 있었다. 큰 텔레비전 화면에서는 동양 소녀 하나가 남자 향수병 앞에서 절을 하고 있었다.

그가 말했다.

"케이블이에요. 이걸 설치해야 화면이 잘 나오거든요. 한 달에 고작 2달러밖에 안 해요. 케이블을 달기 전에는 화질이 정말 안 좋았어요."

"여기서 오래 살았나요?"

"평생 살았죠. 아, 그건 아니다. 제가 두 살 조금 넘었을 때 여기로 이사 왔어요. 물론 아버지가 그때는 살아 계셨죠. 여긴 아버지 서재였어요."

나는 주위를 둘러봤다. 벽에는 영국풍의 사냥 사진들이 몇 개 걸려 있었고, 파이프들이 놓여 있는 선반 몇 개와 사진 액자들이 몇 개 있었다. 나는 문가로 가서 문을 닫았다. 클로드는 아무 말도 하지 않은 채 날 지켜보고 있었다.

내가 말했다.

"당신 상사를 만났어요."

"특별 검사님?"

"그래요. 제리 브로드필드가 곧 석방된다는 소식을 듣자 아주 기뻐하시더군요. 브로드필드의 증언이 얼마나 쓸모가 있을지는 잘 모르겠지만 무고한 사람이 유죄 판결을 받지 않게 돼서 좋다고 했어요."

"검사님은 아주 관대한 분이죠."

"그런가요?"

나는 어깨를 으쓱하고 말을 이었다.

"나는 그런 인상은 못 받았지만, 당신이 나보단 훨씬 잘 알겠죠. 내가 느낀 바로는 브로드필드가 무고한 게 밝혀져서 기뻐한 이유는 자기 조직에 문제가 없다는 점이 드러나서 그런 것 같은데요. 그래서 처음부터 브로드필드가 무죄로 드러나길 바라고 있었다던데."

나는 그를 주의 깊게 바라봤다.

"검사님이 말씀하시길 내가 브로드필드를 위해 일하고 있는 걸 좀 더 일찍 알았더라면 좋았을 거라고 하더군요."

"정말요?"

"그래요. 검사님이 그렇게 말했죠."

클로드는 텔레비전에 더 가까이 다가섰다. 그리고 그 위에 한 손을 대고서 자신의 손등을 내려다봤다.

"난 따뜻한 초콜릿을 마시고 있었어요. 일요일은 푹 쉬어요. 낡고 편한 의자에 앉아서 텔레비전으로 스포츠를 보면서 따뜻한 초콜릿을 마시죠. 한 잔 드시겠어요?"

"아니, 됐어요."

"그럼 술을 한 잔 드실래요? 좀 센 걸로?"

"됐습니다."

그는 돌아서서 날 봤다. 작은 입가 양쪽에 새겨진 괄호 같은 주름이 이제는 좀 더 깊어 보였다.

"사소한 일이 생길 때마다 일일이 검사님에게 달려가 귀찮게 해 드릴 수는 없어요. 그게 바로 제 업무 중 하나입니다. 검사님의 시간과 정력을 낭비하지 않게 해 드리는 것. 검사님은 해야 할 중요한 일이 아주 많으시니까요."

"그래서 어제 검사님에게 전화도 안 했군요. 당신은 내게 검사님과 전화했다고 말했지만, 사실은 하지도 않았죠. 그리고 검사님의 기분을 상하지 않기 위해 모든 질문은 당신을 통해서 하라고 했고."

"전 그냥 제 일을 한 것뿐입니다, 스커더 씨. 제 판단에 착오가 있었을 수는 있죠. 완벽한 사람은 없습니다. 그리고 제가 완벽하다고 주장하지도 않았고요."

나는 허리를 숙여서 텔레비전을 껐다.

"이것 때문에 주의가 산만해지네요. 우리 둘 다 이 일에 집중해야 합니다. 당신은 살인범이에요, 클로드. 유감스럽지만 처벌을 모면할 수 없습니다. 좀 앉지 그래요?"

"정말 터무니없는 주장을 하는군요."

"앉아요."

"서 있어도 괜찮아요. 방금 정말 어이없는 말을 하던데, 이해가 안 되는군요."

"처음부터 당신을 염두에 뒀어야 했는데. 하지만 문제가 있었죠. 포샤 카를 죽인 사람이 누구든 브로드필드와 관계가 있는 사람이어야 했다는 겁니다. 포샤가 그의 아파트에서 살해됐으니까, 거기가 어딘지 아는 사람, 먼저 브로드필드를 아파트에서 꼬여내서 있지도 않은 술집을 찾아 베이 리지를 헤매게 만든 사람이 범인이겠죠."

"당신은 브로드필드가 무고하다고 추정하고 있어요. 난 아직도 그 이유를 모르겠군요."

"아, 이유야 수십 가지가 있죠."

"그렇다 해도, 카라는 여자가 브로드필드 아파트에 대해 알고 있지 않았나요?"

나는 고개를 끄덕였다.

"사실 알고 있었죠. 하지만 그녀가 살인자를 그곳으로 데려갈 수는 없었어요. 그녀가 거기에 갔을 때는 이미 의식이 없는 상태였으니까. 그녀는 머리를 먼저 맞고 그다음에 흉기에 찔렸어요. 그러니 다른 곳에서 먼저 머리를 맞았다는 게 이치에 맞죠. 그렇지 않았다면 살인자가 그녀를 죽을 때까지 때렸을 테니까. 때리다 칼을 들진 않았겠죠. 하지만 클로드 당신이 다른 곳에서 그녀를 쳐서 의식을 잃게 만들고 그다음에 브로드필드의 아파트에 데려다 놨어요. 그때쯤 그녀를 친 둔기를 없애고, 칼로 마무리를 했겠죠."

"전 초콜릿 한 잔 마셔야겠습니다. 정말 아무것도 안 마시겠어요?"

"안 마셔요. 난 경찰이 브로드필드에게 누명을 씌우기 위해 포샤 카를 죽였을 거라고 믿고 싶지 않았어요. 모든 정황이 그렇게 보였지만, 왠지 석연치 않았죠. 브로드필드에게 누명을 씌우는 게 살인을 저지르고도 들키지 않을 수 있는 편리한 방법일 거란 쪽이 더 설득력이 있어 보였습니다. 즉 살인범의 목표는 브로드필드가 아니라 포샤였죠. 하지만 그렇다면 범인이 브로드필드의 아파트와 전화번호는 어떻게 알았을까? 범인은 포샤와 브로드필드 두 사람 다 관계가 있는 사람이었죠. 그러다 그런 사람을 찾아냈지만, 확실한 동기가 없었어요."

"절 찾아냈단 말이군요. 분명 제겐 아무 동기가 없으니까. 하지만 전 카란 여자도 모르고, 브로드필드도 잘 모르니까 당신의 추리는 허점 투성이네요. 그렇지 않나요?"

그가 침착하게 말했다.

"당신이 아니라 더글라스 퍼맨을 찾았죠. 더글라스는 브로드필드의 책을 대필할 예정이었어요. 그래서 브로드필드가 검사의 정보원이 된 겁니다. 유명 인사가 돼서 베스트셀러를 쓰고 싶었던 거죠. 브로드필드는 『행복한 창녀』와 비슷하지만 그보다 더 나은 책을 쓰려고 했던 포샤에게서 책을 쓰면 좋겠단 아이디어를 얻었고. 퍼맨은 두 사람 다 잡아 보잔 생각에 포샤에게 접근해서 자신이 그녀의 책을 대필할 수 있는지 물어봤어요. 그래서 그 두 사람과 더글라스가 엮인 겁니다. 하지만 그거로는 살해 동기가 되지 않았죠."

"그렇다면 저는 대체 왜 뽑힌 겁니까? 저 말고는 아는 사람이 없어서?"

나는 고개를 저었다.

"난 정확한 이유를 알기 전부터 당신이 범인이란 걸 알고 있었어요. 내가 당신에게 어제 오후에 더글라스 퍼맨에 대해 아는 게 있냐고 물었죠. 당신은 그의 집에 가서 그를 죽일 만큼 잘 알고 있었어요."

"이거야말로 놀랠 노자군요. 이젠 듣도 보도 못한 남자의 살인범으로 몰리다니."

"괜한 일에 힘 빼지 말아요, 클로드. 퍼맨은 카와 브로드필드 둘 다와 알고 지냈기 때문에 당신에겐 위협적인 존재였어요. 그는 어젯밤 내게 연락을 하려고 애를 썼죠. 내가 시간이 있어서 그를 만났다면, 아마 당신은 그를 죽이지 못했을 겁니다. 어쩌면 죽였을 수도 있는 게, 그가 뭘 알고 있는지 당신은 몰랐으니까 그랬을 수도 있고. 당신은 포샤 카의 고객 중 하나였어요."

"그거야말로 더러운 중상입니다."

"더럽긴 하겠죠. 나야 그건 모르는 거고. 당신이 그녀에게 무슨 짓을 했는지 아니면 그녀가 당신에게 무슨 짓을 했는지 난 알 길이 없으니까. 다만 그 방면에 대한 지식을 토대로 짐작은 해 볼 순 있지만."

"빌어먹을, 당신은 짐승이야."

그는 언성은 높이지 않았지만, 목소리에 극렬한 혐오감이 담겨 있었다.

"우리 어머니가 있는 집에서 그런 식으로 말하지 않았으면 좋겠군요."

나는 말없이 그를 물끄러미 바라봤다. 그는 처음에는 자신만만한 눈빛으로 내 시선을 받더니 좀 지나자 허물어지는 것 같았다.

맥이 풀린 얼굴이었다. 어깨가 축 처지더니 갑자기 훨씬 늙어 버린 것 같기도 하고 어려진 것 같기도 했다. 중년의 소년이랄까.

"녹스 하디스티는 알고 있었어요. 그러니까 당신은 쓸데없이 포샤를 죽인 겁니다. 일이 어떻게 된 건지 짐작이 가요, 클로드. 브로드필드가 특별 검사 사무실에 나타났을 때, 당신은 경찰 비리 이상의 사실을 알아냈겠죠. 브로드필드를 통해서 포샤가 녹스 하디스티의 정보원으로 추방을 면하기 위해 고객 명단을 넘기고 있다는 걸 말입니다. 당신도 그 고객 명단에 올라와 있었고요. 그래서 포샤가 당신을 하디스티에게 넘기는 건 시간문제라는 것도 알아냈겠죠.

그래서 당신은 포샤에게 브로드필드를 갈취 혐의로 고소하라고 시켰어요. 브로드필드에게 그녀를 살해할 동기를 주고 싶었던 거죠. 그거야 당신에겐 쉬운 일이었고. 당신이 전화했을 때 포샤는 당신을 경찰이라고 생각했어요. 그래서 순순히 시키는 대로 한 겁니다. 어떤 식으로든 당신은 그녀를 겁주는 데 성공했죠. 창녀들이 원래 겁을 잘 먹으니까.

이 시점에서 당신은 멋들어지게 브로드필드에게 누명을 씌울 수 있는 기초를 닦아 놨죠. 살인 그 자체에 대해서는 특별히 공을 들일 필요도 없었던 게 경찰들은 그 살인 사건과 브로드필드를 연관 짓고 싶어서 안달이 난 상태였으니까. 당신은 포샤를 꾀여서 빌리지로 유인해 낸 동시에 브로드필드를 브루클린으로 보냈죠. 그리고 그녀를 기절시켜서 그의 아파트로 끌고 가서, 죽이고 거길 빠져나왔어요. 하수구에 칼을 던지고 손을 씻은 뒤 어머니가 있는 집으로 돌아온 겁니다."

"우리 어머니는 이 일에서 빼요."

"그것 때문에 신경이 쓰이는 모양이군요. 당신 어머니 이야기를 한 게 말이죠."

"그래요, 맞아요."

그는 진정하려는 듯이 두 손을 꼭 쥐고 있었다.

"굉장히 신경 쓰여요. 그래서 더 그렇게 말하는 거겠죠."

"꼭 그렇진 않아요, 클로드."

나는 한숨을 쉬었다.

"당신은 그녀를 죽이지 말아야 했어요. 그럴 필요가 없었단 말입니다. 하디스티는 이미 당신에 대해 알고 있었어요. 애초에 하디스티가 당신 이름을 공개했더라면, 지금까지 이런 시간 낭비도 안하고, 퍼맨과 만츠도 아직 살아 있었겠죠. 하지만……."

"만츠?"

"레온 만츠. 처음에는 만츠가 퍼맨을 죽인 것 같았지만, 타이밍이 맞지 않았어요. 그러다 또 나중에는 당신이 그렇게 보이도록만들어 놓은 것 같았지만, 당신이 했다면 그것보단 잘했겠죠. 제대로 시간 순서에 맞춰 둘을 죽였을 거 아닙니까, 안 그래요? 당신이라면 먼저 퍼맨을 죽이고 만츠를 죽였겠죠. 만츠 다음에 퍼맨이 아니고."

"무슨 말을 하는 건지 진짜 모르겠네."

이번에는 정말 솔직하게 하는 말이었고, 그의 어조에서도 분명하게 드러났다.

"레온 만츠는 포샤의 고객 명단에 오른 또 다른 인물이었어요. 시장 측근이라서 하디스티가 주목하고 있었죠. 내가 어제 오후에 그 사람에게 전화해서 만나기로 했는데 도저히 그걸 감당할 수 없었던 것 같습니다. 어젯밤 그 남자는 창문에서 뛰어내렸어요."

"정말 자살했단 말이죠."

"그렇게 보여요."

"그 사람이 포샤 카를 죽였을 수도 있잖아요."

그는 그렇다고 주장하는 게 아니라 생각에 잠겨 말했다.

나는 고개를 끄덕였다.

"그래요. 그자가 죽였을 수도 있죠. 하지만 퍼맨은 죽일 수 없었습니다. 퍼맨은 만츠가 공식적으로 사망 선고가 된 후에 전화를 내게 두어 통 걸었거든요. 그게 무슨 뜻인지 알겠습니까, 클로드?"

"뭐죠?"

"당신은 그 키 작은 작가를 그냥 내버려 뒀음 됐던 겁니다. 물론 그때는 몰랐겠지만, 그러면 다 끝나는 거였는데. 만츠는 유서를 남겼어요. 살인을 했다고 고백하진 않았지만, 그런 식으로 해석할 수 있었습니다. 나라면 그런 식으로 해석해서 포샤의 살인범이 만츠였다는 식으로 모든 증거를 찾았겠죠. 내가 그렇게 했다면 브로드필드는 무죄로 풀려났을 겁니다. 그렇지 않았다면 재판을 받았겠죠. 어떻게 했든 당신은 집에서 유유자적할 수 있었을 겁니다. 나는 만츠를 범인으로 봤을 것이고, 경찰은 이미 브로드필드가 범인이라고 생각했으니까 당신을 해칠 사람은 없었다는 거죠."

그는 오랫동안 아무 말도 하지 않았다. 그러다 눈을 가늘게 뜨더니 말했다.

"지금 내게 덫을 놓고 있군요."

"당신은 이미 덫에 걸렸어요."

"그녀는 사악하고 더러운 여자였어요."

"그럼 당신은 하느님이 보낸 복수의 천사군요."

"아뇨. 그런 건 아니죠. 함정에 빠뜨리려고 해 봤자 소용없어요. 하나도 증명할 수 없으니까."

"증명할 필요는 없어요."

"그래요?"

"나랑 같이 경찰서에 갑시다, 클로드. 포샤 카와 더글라스 퍼맨을 살해했다고 자수해요."

"돌았군요."

"아닙니다."

"그럼 제가 돌았다고 생각한 겁니까? 대체 내가 왜 그런 짓을 하죠? 설사 그런 짓을 했다고 쳐도?"

"당신 자신을 구하기 위해섭니다, 클로드."

"무슨 소린지 모르겠군요."

나는 손목시계를 봤다. 아직 이른 시각이었는데, 마치 몇 달간 잠을 자지 않고 깨어 있었던 것처럼 피곤했다.

내가 말했다.

"내가 아무것도 증명할 수 없다고 당신이 그랬죠. 그건 당신 말이 맞아요. 하지만 경찰은 증명할 수 있습니다. 지금은 아니지만 좀 파 보면 나오게 돼 있죠. 녹스 하디스티가 당신이 포샤 카의 고객이었다는 걸 확인해 줄 수 있습니다. 내가 그를 찾아가서 그 일이 살인 사건과 무슨 관련이 있는지 설명하니까 그 정보를 내

췄어요. 그러니 법정에서 그걸 감출 이유가 없다는 얘기입니다. 그리고 누군가 당신이 포샤를 데리고 빌리지에 간 걸 본 사람이 있을 테고, 당신이 퍼맨을 살해했을 때 9번 애비뉴에서 당신을 본 목격자도 나올 겁니다. 증인은 항상 나오는 법이죠. 경찰과 검사 모두 시간을 들이면 그렇게 돼 있어요."

"그렇게 증인들이 실제로 있다면 한번 나오라고 해 보시죠. 제가 굳이 나서서 해결해 줄 필요는 없지 않나요?"

"그렇게 해야 당신에게도 유리해지니까요, 클로드. 훨씬 더 유리해지죠."

"그건 또 무슨 소립니까?"

"경찰이 일단 파기 시작하면 다 나오기 때문입니다, 클로드. 당신이 왜 포샤 카를 만났는지도 알아낼 거니까. 지금은 아무도 모르잖아요. 하디스티도 모르고, 나도 모르고, 아무도 모르죠. 하지만 경찰이 달려들면, 다 나올 겁니다. 그리고 신문에서 그런 추잡한 일을 암시한 기사를 낼 거고, 사람들도 제멋대로 의심할 거고, 아마 실제 일어났던 일보다 훨씬 더 역겨운 것들을 상상하겠죠."

"그만."

"모두 다 알게 될 겁니다, 클로드."

나는 문을 향해 머리를 기울였다.

"모두 다."

"닥쳐요."

"어머니가 모르게 할 수 있습니다, 클로드. 물론 자수하면 형도 더 가벼워지고요. 이론적으로는 일급 살인 사건에서는 적용되지 않지만, 현실은 다르다는 건 당신도 알고 있잖아요. 분명 당신에게 해가 되진 않을 테니까. 하지만 그것 말고도 또 고려해야 할 게 있잖습니까? 추악한 스캔들은 피하고 싶을 텐데요. 내 말이 맞지 않습니까?"

그는 입을 열었다가 아무 말도 하지 않고 다시 다물었다.

"살해 동기는 비밀로 할 수 있어요, 클로드. 다른 걸 둘러댈 수 있잖아요. 아니면 그냥 묵비권을 행사할 수도 있고. 이미 살해했다고 자백한 이상 아무도 당신에게 동기를 말하라고 압력을 가하지 않을 겁니다. 당신과 가까운 사람들은 당신이 살해했다는 건 알게 되겠지만, 당신의 삶에 대한 다른 면들은 알 필요가 없게 되는 거죠."

그는 초콜릿 잔을 들어서 입술에 대더니 한 모금 마시고 찻잔에 다시 내려놨다.

"클로드."

"잠시 생각할 시간을 줘요. 그럴 수 있죠?"

"알았습니다."

둘이 얼마나 그런 식으로 있었는지 모르겠다. 난 서 있었고, 그는 아무 소리도 나지 않는 텔레비전 앞에 앉아 있었다. 5분 정도라고 해 두자. 그리고 그는 한숨을 쉬고 나서, 슬리퍼를 벗고, 신발을 집었다. 그리고 신발 끈을 묶고 일어섰다. 나는 문가로 걸어가서 문을 열고 옆으로 비켜서서 먼저 거실로 나가게 했다.

그가 말했다.

"엄마, 잠깐 밖에 나갔다 올게요. 스커더 씨를 도와줄 일이 있어서. 중요한 일이 생겼어요."

"아, 하지만 저녁 차리는 중인데, 클로드. 거의 다 됐어. 친구분도 같이 드시면 좋을 텐데?"

내가 말했다.

"죄송하지만 안 될 것 같습니다, 로비어 부인."

"시간이 없어요, 엄마."

클로드도 그렇게 말했다.

"오늘 저녁은 밖에서 먹을게요."

"사정이 있다면 어쩔 수 없지."

그는 어깨를 펴고, 코트를 가지러 앞쪽에 있는 옷장에 갔다.

"두꺼운 코트 입어. 밖은 상당히 춥더라. 그렇죠, 스커더 씨?"

로비어 부인이 말했다.

"네. 아주 춥더군요."

내가 대답했다.

16장

두 번째 툼스행은 첫 번째와 사뭇 달랐다. 그때처럼 오전 11시경에 갔지만, 이번에는 전날 밤 푹 자고, 술도 거의 마시지 않았다. 처음에는 그를 유치장에서 봤는데. 오늘은 안내 데스크에서 그와 그의 변호사를 만났다. 브로드필드는 유치장에서 느꼈던 긴장하고 우울한 분위기는 온데간데없이 사라지고, 세상을 정복한 영웅 같아 보였다.

그와 셸던 워크는 내가 들어갔을 때 이미 나와 있었다. 날 보자 브로드필드의 얼굴이 순식간에 환해졌다.

"저기 내 친구가 오는군."

그가 소리쳐 불렀다.

"매튜, 내 친구, 당신이야말로 최고입니다. 완전 최고. 내가 지금까지 살면서 한 가지 잘한 게 있다면 바로 당신과 손을 잡은 거예요."

그는 내 손을 잡고 흔들어 대면서 날 향해 환히 웃었다.

"내가 이 똥통에서 빠져나올 거라고 말했죠? 그런데 날 빼 준 사람이 바로 당신이었어요."

그는 공모자처럼 머리를 내 쪽으로 기울이더니, 작은 소리로 말했다.

"내가 또 인사 하나는 제대로 하는 놈이거든요, 내 말 알죠? 보너스를 주겠다 이 말입니다, 친구."

"그만하면 보수는 충분히 받았습니다."

"아니지, 아닙니다. 사람 목숨 값이 얼만데요?"

나는 종종 내 자신에게도 그런 질문을 했지만, 제리와 같은 맥락에서 한 말은 아니었다. 내가 말했다.

"이번 건으로 하루에 500달러 정도 벌었으니 그걸로 충분합니다, 브로드필드."

"제리라고 하라니까요."

"그러죠."

"어쨌든 보너스는 받아 두세요. 내 변호사 만나 봤죠? 셸던 워크?"

"통화는 했죠."

내가 말했다.

워크와 나는 악수를 하고 의례적인 인사를 나눴다.

"자, 이제 시간이 됐군. 기자들이 밖에서 기다리고 있을 텐데, 그렇지 않아? 안 온 사람이 있다면 다음번에는 늦지 말라고 해야지. 다이애나가 밖에 차에서 기다리고 있나?"

"자네가 지시한 데 있어."

변호사가 말했다.

"좋았어. 내 마누라 만나 봤죠, 매튜? 물론 그랬겠죠. 내가 당신에게 쪽지를 써 줬으니까. 당신 여자 친구랑 우리 부부랑 넷이서 한번 만나서 저녁이나 먹자고요. 서로 더 친해지면 좋잖습니까."

"그래야죠."

나도 동의했다.

"그래요, 그럼."

그가 대답하고는 마닐라 봉투를 찢은 뒤 털어서 그 안에 있는 내용물을 책상 위에 놓았다. 그러고는 거기서 나온 지갑을 주머니에 넣고, 손목에 시계를 차고, 잔돈을 쓸어서 주머니에 넣었다. 그리고 넥타이를 꺼내서 우아하게 맸다.

"내가 말했나요, 매튜? 두 번 매야 할지도 모른다고. 하지만 한 번에 제대로 된 것 같은데요, 안 그렇습니까?"

"좋아 보이는군요."

그는 고개를 끄덕였다.

"그래요. 제대로 된 것 같아요. 이거 알아요, 매튜? 기분이 끝내줘요. 나 어때 보여, 셸던?"

"멋져 보여."

"백만장자가 된 기분이야."

그가 말했다.

그는 기자들을 상당히 능숙하게 다뤘다. 기자들이 묻는 질문에 때로는 성실하게 때로는 거만하게 잘 조절해서 대답했다. 그러고는 아직 기자들의 질문이 남아 있는데도 그의 트레이드 마크인 환한 미소를 날리고서 의기양양하게 손을 흔들고 기자들을 헤치고 차에 탔다. 다이애나가 액셀러레이터를 밟자, 차는 블록 끝까지 달려갔다가 모퉁이를 돌았다. 나는 그 차가 보이지 않을 때까지 그 자리에 서 있었다.

물론 그녀가 남편을 데리러 와야 했겠지. 그리고 하루나 이틀 정도 시간을 보낸 후에 이제 그간의 상황을 알릴 것이다. 그녀는 남편이 크게 반발하지 않을 거라고 말했다. 남편은 그녀를 사랑하지 않으며, 그의 인생에서 그녀가 중요하지 않게 된 지 오래됐다는 걸 그녀는 확신하고 있었다. 하지만 일단 이틀 정도 시간을 두고 나서 그녀가 내게 전화를 하기로 했다.

"흠, 그것 참 흥미진진하네."

뒤에서 누군가의 목소리가 들려왔다.

"저 행복한 커플에게 쌀이라도 뿌려 줘야 하는 줄 알았네."

돌아보지도 않은 채 내가 말했다.

"안녕, 에디."

"안녕, 매튜. 아름다운 아침이야, 안 그래?"

"나쁘진 않네."

"기분 꽤 좋겠어?"

"나쁘진 않아."

"시가 줄까?"

에디 퀄러 부서장은 대답을 기다리지 않고, 입에 시가를 한 대 물고 불을 붙였다. 바람이 세게 불어서 세 번째 성냥을 긋고 나서야 간신히 불이 붙었다.

"라이터를 하나 장만하든지 해야지. 브로드필드가 쓰던 라이터 봤어? 비싸 보이던데."

"아마 그럴걸."

"순금 라이터 같아 보였어."

"그런 것 같아. 하지만 진짜 금과 금박을 씌운 것을 구분하긴 힘들지."

"하지만 가격은 다르잖아. 안 그래?"

"그렇지."

그는 씩 웃고 나서, 한 손을 내밀어 내 팔뚝 위쪽을 잡았다.

"에이, 이 화상아. 내가 술 한잔 살게."

"술 마시긴 좀 이른데, 에디. 커피나 한잔하지."

"그럼 더 좋고. 언제부터 자네가 술 마시기 이른 시간도 있었어?"

"아, 나도 몰라. 어떤지 보게 좀 줄여 볼 수도 있겠지."

"그래?"

"어쨌든 한동안은 그럴 것 같아."

그는 나를 찬찬히 뜯어봤다.

"어쩐지 예전으로 돌아간 것 같은 말이네. 자네가 그런 말을 했던 게 언제인지 기억도 안 나."

"너무 호들갑떨지 마, 에디. 그래 봤자 술 한잔 사양한 걸 가지고 뭘."

"아니지, 뭔가 있어. 정확히 짚어 낼 수는 없지만, 뭔가 달라."

우리는 리드 가에 있는 작은 가게에 가서 커피와 대니시 페이스트리를 주문했다. 에디가 말했다.

223

"자네가 그 개자식이 풀려나게 도와줬어. 그 자식이 나가는 걸 보는 건 싫지만, 자네를 미워할 수는 없지. 자네가 놓아준 셈이지만."

"애초에 그자를 체포하는 게 아니었어."

"아, 뭐 그거야 또 다른 이야기고. 안 그래?"

"그렇지. 자넨 이렇게 일이 풀린 걸 기뻐해야 해. 브로드필드는 특별 검사에게 별 쓸모가 없을 거야. 검사는 당분간 근신할 거니까. 검사도 지금 상황이 안 좋아. 검사보가 두 사람이나 살해하고 스타 증인에게 누명을 씌운 혐의로 잡혔으니 말이야. 자넨 특별 검사가 신문에 자기 이름이 나오면 좋아 죽는다고 불만이었지. 하지만 앞으로 몇 달간은 자기 이름이 신문에 나오지 않게 용쓰지 않겠어?"

"그럴 수 있지."

"그리고 녹스 하디스티도 곤란한 건 마찬가지야. 공적인 면에서는 나무랄 점이 없지만, 자기 증인들을 보호하지 못했다는 소문이 퍼지기 시작할 거야. 포샤 카가 그의 증인이었고, 포샤가 그에게 만츠를 넘겨줬는데 둘 다 죽었잖아. 사람들의 협조가 절대적으로 필요한 자리에서 그런 전적이 있어서 좋을 것 없지."

"물론 그 사람은 경찰을 괴롭힌 적도 없지, 매튜."

"아직은 아니지. 하지만 프레자니언이 조용히 있으면 하디스티가 그 자리를 치고 들어올지도 몰라. 자네도 이 판이 어떻게 돌아가는지 알고 있잖아. 언제든 언론의 주목을 받고 싶으면 항상 경찰을 먼저 치잖아."

"그래, 그게 바로 염병할 진실이지."

"그러니까 자네 기준으로 봐도 내가 그렇게 나쁜 짓을 한 건 아니지? 결국 경찰은 손해 본 거 없잖아."

"그래, 자네가 잘한 거야, 매튜."

"맞아."

에디는 시가를 들어서 뻑뻑 피웠다. 그새 꺼져 있었다. 그는 다시 성냥을 가지고 시가에 불을 붙이고 성냥이 손가락 끝까지 타들어 갈 때까지 지켜보다가 흔들어서 끄고 재떨이에 던졌다. 나는 페이스트리를 조금 씹고 커피를 한 모금 마셨다.

술을 줄일 수도 있겠지. 그게 힘들어질 때도 올 것이고. 내가 퍼맨에 대해 생각하면서 그 전화를 받았을 수도 있다는 생각을 할 때면. 혹은 만츠와 땅바닥에 점프한 그의 행동을 생각하면. 내 전화 때문에 그 모든 일들이 일어났다고 할 수는 없을 것이다. 하디스티는 처음부터 만츠에게 압력을 가하고 있었고, 그는 수년간 죄책감에 시달려 왔다. 하지만 난 그를 돕지 않았는데, 만약 내가 전화를······

하지만 그런 식으로 계속 죄책감을 느끼면서 살아갈 수는 없는 노릇이다. 내가 해야 할 일은 내가 살인자를 잡았고 무고한 사람이 풀려나게 했다는 걸 스스로에게 일깨워 주는 것이다. 인생이란 게임은 이길 때도 있고, 질 때도 있는 법이다. 질 때마다 자책할 순 없는 법이지.

"매튜?"

나는 고개를 들어 그를 바라봤다.

"우리가 지난밤에 나눴던 대화. 자네가 단골로 가는 그 술집에서 했던 이야기 말이야."

"암스트롱."

"맞아, 암스트롱. 내가 그때 쓸데없는 말을 했어."

"아, 신경 쓰지 마, 에디."

"마음 상한 건 아니지?"

"물론 아니지."

잠시 침묵이 흘렀다.

"내가 오늘 여길 찾아올 거란 걸 안 동료 몇 명이 자네도 여기 있을 거라고 생각하고. 자네에게 별 감정 없었다는 걸 알려 달라고 하더군. 물론 처음부터 자네에게 크게 반감이 있었던 건 아니지만, 단지 그때 자네가 브로드필드 일을 맡지 않았으면 했다는 거지. 내 말 무슨 뜻인지 알지?"

"그래."

"그리고 자네도 경찰에 대해 악감정을 품지 않았으면 좋겠고."

"당연하지."

"뭐, 나도 자네가 그럴 거라고 생각했어. 하지만 솔직히 말하는 게 좋겠다 싶어서."

그는 이마를 쓸어내리다가 머리를 흐트러뜨렸다.

"정말 이제 술은 줄일 생각이야?"

"노력은 해 보는 게 좋겠지. 왜?"

"흠. 어쩌면 자네 이제 평범한 인간의 대열에 다시 합류할 준비가 된 거 아닐까?"

"거기서 낙오된 적도 없는데. 안 그래?"

"자네도 내가 무슨 말 하는지 알잖아?"

나는 아무 말도 하지 않았다.

"자넨 이번에 한 건 해냈어. 여전히 유능한 경찰인 거야, 매튜. 자네가 정말 잘하는 일이라고."

"그래서?"

"배지가 있으면 유능한 경찰이 되기가 훨씬 더 쉬워."

"가끔은 더 어려울 때도 있어. 이번에 배지를 갖고 다녔다면, 분명 이 일에서 손 떼라는 말을 들었겠지."

"그래, 어쨌든 자네는 그 말을 듣고도 무시했잖아. 배지가 있든 없든 그 말은 안 들었다고. 안 그런가?"

"그런지도 모르고. 나도 잘 모르겠다."

"좋은 경찰서는 좋은 경찰이 만드는 거야. 자네가 돌아오면 좋겠어."

"그럴 생각 없어, 에디."

"지금 결정을 하라는 게 아니야. 생각을 해 보라는 거야. 잠시 생각해 볼 수 있잖아. 안 그래? 하루 24시간씩 술에 절어 있지 않다면 괜찮은 생각처럼 보일 수도 있어."

"그럴 수도 있지."

"그럼 생각해 볼 거야?"

"그럴게."

"그래."

에디는 커피를 저었다.

"요즘 아이들 소식은 들어?"

"잘 지내고 있어."

"잘됐네."

"이번 주 토요일에 아이들과 놀러 가기로 했어. 보이 스카우트

에서 아버지와 아들 행사를 하나 봐. 저녁도 같이 먹고 네츠 게임
도 보러 가고."

"난 네츠 게임은 정말 재미없어."

"이번엔 선수들이 괜찮다던데."

"사람들이 그런 말을 하긴 하더군. 아이들을 만난다니 잘됐네."

"그렇지."

"자네와 애니타도 어쩌면……."

"그만해, 에디."

"그래, 내가 말이 너무 많았네."

"어쨌든 애니타에겐 다른 남자가 있어."

"자네만 기다리고 있으라고 할 순 없잖아."

"기다리란 말도 안 했어. 상관없어. 나도 다른 사람이 생겼어."

"그래? 진지한 사이야?"

"그건 모르지."

"시간을 두고 어떻게 될지 보는 거군."

"그런 셈이지."

그날이 월요일이었다. 그 후 며칠 동안 나는 기나긴 산책을 하
고 수많은 교회에서 오랫동안 시간을 보냈다. 저녁에는 잠이 오기
쉽게 술을 두어 잔 마셨지만, 사실 많이 마시진 않았다. 나는 산
책하고, 아름다운 날씨를 만끽하면서, 계속 전화 메시지를 확인했
다. 그리고 아침이면 《뉴욕 타임스》를 읽고 저녁에는 《포스트》를
읽었다. 얼마가 지난 후에 왜 기다리는 전화가 안 오는지 궁금해
지기 시작했지만, 전화기를 들고 직접 전화를 할 만큼 화가 나진

않았다.

그러다 목요일 오후 2시에 거리를 걸어가다가 57번가와 80번가 사이에 있는 신문 가판대를 지나치면서 순간 《포스트》의 헤드라인을 흘끗 봤다. 보통 때 같으면 기다렸다가 석간을 사겠지만, 헤드라인 때문에 신문을 샀다.

제리 브로드필드가 죽었다.

17장

그가 내 앞에 앉았을 때, 나는 고개를 들지 않고도 누군지 알았다.

"안녕, 에디."

"자네가 여기 있을 줄 알았어."

"찾기 어렵진 않지?"

나는 트리나를 부르기 위해 손을 흔들었다.

"시그램이었나? 여기 내 친구에게 시그램과 물을 갖다 줘. 난 이거 한 잔 더 주고."

그리고 에디에게 말했다.

"얼마 안 걸렸네. 여기 온 지 한 시간밖에 안 됐어. 물론 그 기사는 정오 판에 나왔겠지만. 나는 한 시간 전에야 봤어. 기사에 보니까 오늘 아침 8시경에 죽었다고 하던데. 맞아?"

"그래, 매튜. 내가 본 기사에 그렇게 나왔어."

"'브로드필드가 문 밖에 나왔는데 최신형 차가 연석에 멈추더니 누군가 그에게 총신을 짧게 자른 산탄총 두 발을 쐈다.' 목격한 학생이 그랬는데 총을 가진 남자는 백인이지만, 차를 운전한 남자는 모르겠다고 했다지."

"맞아."

"하나는 백인이고, 차는 파란색이고, 총은 현장에 버려졌고. 지문도 없겠지."

"아마 없겠지."

"총을 추적해 봤자 아무것도 안 나올 거고."

"나도 들은 바는 없지만."

"그걸 추적할 방법도 없겠지."

"그럴 거야."

트리나가 술을 가져왔다. 나는 잔을 들고 말했다.

"여기 없는 친구들을 위해, 에디."

"좋아."

"그자는 자네 친구가 아니었어. 자네는 믿지 않겠지만, 그자가 나랑 친구 먹을 일은 자네가 그자와 친구 먹을 확률보다 더 낮았어. 하지만 그렇게 건배하자고. 여기 없는 친구들을 위해. 자네가 건배하자고 할 때 내가 그렇게 했으니까, 자네도 그렇게 해."

"자네 맘대로 해."

"여기 없는 친구들을 위해."

내가 말했다.

우리는 술을 마셨다. 며칠 쉬었다 마시니 술이 더 독해진 것 같았다. 하지만 술맛은 줄지 않았다. 술은 술술 잘도 넘어갔고 사실상 나라는 사람에 대해 더 잘 깨닫게 됐다.

내가 말했다.

"범인이 누군지 알아낼 것 같아?"

"솔직한 대답을 원해?"

"그럼 내 얼굴에 대고 거짓말을 하는 걸 원하겠어?"

"아니, 못 찾을 거야."

"그래?"

"절대 범인이 누군지 찾아내지 않을 거야."

"노력은 할까?"

"아니."

"그게 자네 사건이라면 자넨 애써 보겠어?"

에디가 날 바라봤다.

"까놓고 이야기하지."

그는 한동안 생각해 보더니 말을 이었다.

"나도 모르겠어. 나도 노력할 거라고 생각은 하고 싶어. 나도. 에라, 모르겠다. 경찰 짓이라고 생각해. 자네도 그렇게 생각하잖아?"

"그렇지."

"누가 했든 정말 멍청한 놈이지. 브로드필드가 했던 것보다 훨씬 더 경찰에 더 큰 해를 가한 놈이야. 누가 했던 목을 매달아도 시원치 않은 놈이지. 그게 내 사건이라면 정말 지구 끝까지라도 쫓아가고 싶다고 생각하고 싶지만."

그는 눈을 낮췄다.

"솔직히 말해서 내가 그럴지 의문이야. 나라면 대충 수사하는 척하다가 덮어 버릴 것 같아."

"퀸스에서도 그렇게 하겠지."

"그쪽 친구들과 이야기는 안 해 봤어. 그들이 어떻게 할지 사실 나도 모르겠어. 하지만 그쪽에서 수사를 한다면 난 놀랄 거야. 자네도 그럴걸."

"그렇지."

"자넨 어떻게 할 거야, 매튜?"

"나?"

나는 그를 빤히 쳐다봤다.

"나? 내가 뭘 해야 하는데?"

"범인을 알아내려고 해 볼 거야? 그게 좋은 생각인지는 모르겠지만."

"내가 왜 그래야 하는데, 에디?"

나는 두 손을 들어 보였다.

"그자가 내 사촌도 아니고. 누가 그자를 죽였는지 알아봐 달라고 날 고용한 사람도 없어."

"그게 그렇게 단순한 문제야?"

"단순하지."

"자넨 정말 알다가도 모르겠어."

에디가 일어서서 테이블에 돈을 조금 올려놨다.

"이건 내가 살게."

"가지 마, 에디. 한 잔 더 해."

그는 이미 받은 술잔을 건드리는 시늉만 했다.

"난 바빠. 매튜, 이것 때문에 다시 술을 마시지는 마. 그래 봤자 변하는 건 없어."

"그럴까?"

"당연하지. 자네에겐 아직 자네 삶이 있잖아. 만나는 여자도 있고 말이야."

"아니야."

"뭐라고?"

"아마 그녀를 다시 만날 수도 있겠지. 나도 몰라. 어쩌면 안 만날 수도 있고. 지금쯤이면 전화를 했을지도 모르는데. 그런 일이 일어난 후이니, 그게 정말로 일어난 일인지 물어보려 전화하지 않을까?"

"무슨 말인지 모르겠어."

하지만 난 그에게 말하고 있는 게 아니었다.

"우리는 바로 그때 그 자리에 있었어. 그래서 서로에게 중요한 사람이 될 것처럼 보였던 거야. 우리에게 그런 기회가 있었다면 그 총이 발사됐던 오늘 아침에 그 기회는 사라져 버렸어."

"매튜, 무슨 말도 안 되는 소리를 하고 있는 거야?"

"말이 잘되기만 되는데 뭘 그래. 어쩌면 이건 내 실수야. 우리는 다시 만날지도 몰라. 하지만 만나건 안 만나건 변하는 건 하나도 없어. 사람은 운명을 바꾸지 못해. 운명이 사람을 가끔씩 변하게는 하지만, 사람은 그럴 수 없지."

"난 가야겠어, 매튜. 술은 조금만 마셔, 알았지?"

"그래, 에디."

그날 밤 늦게 나는 포레스트 힐스에 있는 그녀의 집에 전화를 걸었다. 전화벨이 수십 번 울린 후에 마침내 포기하고 동전을 다시 받았다.

나는 또 다른 곳에 전화를 걸었다. 녹음된 목소리가 나왔다.

"7255번입니다. 미안하지만, 지금은 아무도 없습니다. 삐 소리가 울린 후에 이름과 전화번호를 남겨 주시면, 최대한 빨리 연락 드리겠습니다. 감사합니다."

삐 소리가 나서 내가 말할 차례였다. 하지만 아무 말도 생각해 낼 수 없었다.

〈끝〉

죽음의 한가운데

1판 1쇄 찍음 2013년 9월 23일
1판 1쇄 펴냄 2013년 9월 30일

지은이 | 로렌스 블록
옮긴이 | 박산호
발행인 | 김세희
편집인 | 김준혁
책임편집 | 장은진
펴낸곳 | 황금가지

출판등록 | 2009. 10. 8 (제2009-000273호)
주소 | 135-887 서울 강남구 신사동 506 강남출판문화센터 5층
전화 | 영업부 515-2000 **편집부** 3446-8774 **팩시밀리** 515-2007
홈페이지 | www.goldenbough.co.kr

한국어판 ⓒ ㈜민음인, 2013. Printed in Seoul, Korea

ISBN 978-89-6017-755-0 03840

㈜민음인은 민음사 출판 그룹의 자회사입니다.
황금가지는 ㈜민음인의 픽션 전문 출간 브랜드입니다.

추리·호러·스릴러
밀리언셀러 클럽